Het g

Grote Lijsters
1999 Nr. 1

Grote Lijsters, literaire reeks voor scholieren, is een uitgave van Wolters-Noordhoff, Groningen, en Wolters Plantyn, Deurne; per jaar verschijnen zes (Nederland) dan wel vijf titels (België).

Titeloverzicht Grote Lijsters 1999 Nederland (ISBN 9001 55094 0)

1999/1 – Anna Enquist *Het geheim*
(ISBN 9001 55095 9)
1999/2 – Willem Frederik Hermans *Nooit meer slapen*
(ISBN 9001 55096 7)
1999/3 – Tim Krabbé *Vertraging*
(ISBN 9001 55098 3)
1999/4 – S. Vestdijk *De koperen tuin*
(ISBN 9001 55099 1)
1999/5 – Joost Zwagerman *De buitenvrouw*
(ISBN 9001 55097 5)
1999/6 – J. Slauerhoff *De zee een lied*
(ISBN 9001 55102 5)

Titeloverzicht Grote Lijsters 1999 België (ISBN 9030 93111 6)

1999/1 – Anna Enquist *Het geheim*
1999/2 – Willem Frederik Hermans *Nooit meer slapen*
1999/3 – Tim Krabbé *Vertraging*
1999/4 – S. Vestdijk *De koperen tuin*
1999/5 – Joost Zwagerman *De buitenvrouw*

Anna Enquist

Het geheim

1999
WOLTERS-NOORDHOFF
GRONINGEN
WOLTERS PLANTYN
DEURNE

Uitgegeven met een licentie van BV Uitgeverij De Arbeiderspers, Amsterdam

ISBN 9001 55095 9

DEEL I

I

De vleugel hing in de lucht en tekende zich als een geblakerde karbonade af tegen de besneeuwde bergtoppen. Tussen het zwart-gelakte hout en de kabels die het instrument omklemden, was een grijze deken geschoven. De gele hijskraan torende als een een-armige, stijve reus boven het huis uit en begon langzaam zijn last neer te laten. Vlak boven het balkon bleef de piano zweven en bewoog zachtjes heen en weer. De kabels kraakten licht, het elektrische hefwerktuig zoemde en de zon brandde.

Beneden, in de schaduw van de huizen, vulde het onderstel van de kraan de volle breedte van de hellende straat. Een vierkante dwarsbalk was tegen de achterwielen geschoven.

Toen de piano helemaal stil hing begonnen de mensen weer te praten, kinderen en honden renden rond, stevige vrouwen zetten hun manden met groente neer en legden het hoofd in de nek.

De verhuizers waren met z'n drieën. Eén bediende de hijskraan, de andere twee gingen het huis binnen met de zware poten van de vleugel onder hun armen.

De poort van het huis bleef openstaan. Een wieltje schampte tegen het ongeverfde eikenhout van de deur. Toen een van de mannen terugkwam om de slede te halen was de stoep volgelopen met kinderen.

Toen vlogen de balkondeuren open en stond de tweede man ineens tussen de blauwe bloemen. Hij keek uit over leistenen daken, over glooiende weiden, over terrassen, afgezet met grijze steen; hij zag hier en daar een magere koe, hij zag op de bodem van het dal de smalle zilverstreep van de rivier.

'Ik ga zakken,' riep de bediener van de hijskraan.

Ook de man met de slede kwam het balkon op; met gespreide armen stonden beide mannen te wachten, ze reikten in de hoogte om vat op de vleugel te krijgen en lieten hem langzaam op de slede neerkomen.

De kraan trok zijn arm met de kabel en de zware haak weer op, de piano als een onhandelbare last op het balkon achterlatend.

Van binnenuit duwde iemand de balkondeuren nog wijder open. Witte gordijnen fladderden naar buiten in de tocht. De mannen in hun korenblauwe jassen kromden zich aan weerszijden van het instrument en duwden het schommelend naar binnen over twee parallelle planken.

Beneden juichten de kinderen. De deuren gingen dicht.

2

De ruimte die precies groot genoeg was is te nauw geworden. Er is geen rust meer, het *te-doenk, te-doenk* dat alles doordrong raakt overspoeld door een toenemend suizen. Er moet een eind aan iets komen. Het is verloren, verloren.

De dokter bevrijdt het hoofdje met de stijf dichtgeknepen ogen; voorzichtig helpt hij eerst de ene, dan de andere schouder naar buiten. De rubberen schort kletst tegen zijn schenen als hij een stap naar achteren doet om het kind omhoog te heffen.

'Een boos meisje!'

Metaal knalt op marmer, de schaar op het aanrecht, schoenijzers schrapen over steen, er klotst water ver weg in een wasbak, niet als eerst, niet als eerst. Er is stekend licht, er is ineens begrenzing door koude wind en warme handen, er is geen lucht, geen lucht.

Ondersteboven hangt het kind in de kamer, boven de gespreide benen van de moeder. Het gevecht tussen zwaartekracht en onwil duurt en duurt, terwijl de omstanders licht ademen en onafgebroken naar het gloeiende gezichtje kijken. Dan begint het kind te huilen.

De verpleegster heeft het kind gewassen en in een flanellen lap gewikkeld. Zij legt het in de armen van Emma Wiericke, het hoofdje op de linkerarm van Emma, die met haar rechterhand het bezwete blonde haar uit haar gezicht veegt.

Heel zachtjes hoort het kind een vertrouwd geluid: *te-doenk, te-doenk*. Het gezichtje ontspant en de ogen gaan open, diepe grijsblauwe poelen, denkt Emma. Dit is mijn kind, mijn dochter, mijn dochter.

Egbert Wiericke kust zijn vrouw. Tijdens de bevalling heeft hij op de gang gezeten en afwisselend naar de langslopende mensen en naar zijn horloge gekeken. Toen de verpleegster eindelijk de verloskamer uit kwam liet hij het horloge in zijn vestzak glijden, stond op en trok zijn jasje recht. Zwijgend ging hij naar binnen. De dokter werd net uit zijn schort geholpen en stak zijn hand naar Egbert uit.

'Van harte, meneer Wiericke, van harte! Een gezonde dochter, zeven pond, tweeënvijftig centimeter en de ademhaling spontaan op gang, het kon niet beter.'

Egbert keek naar de formulieren op het bureau. Hij las ondersteboven: *Vader: Egbert Wiericke, raadsheer te Leiden. Moeder: Emma Wiericke, geboren Orlebeke, zonder beroep. Tijdstip van geboorte: 18 april 1933, 9.15 uur.*

'U kunt nu naar uw vrouw gaan hoor, ze is gewassen,' zei de verpleegster. Hij draaide zich om, verward, verblind door het felle licht. In het hoge bed zat Emma met een zwarte vlek tegen haar linkerborst.

'Ze heet Wanda, ik zag het meteen. Wanda Wiericke, een prachtnaam! Vind je haar niet mooi, Eg, zeg eens wat?'

Egbert staat op van het onhandige krukje en buigt zich over het bed. Hij brengt zijn goedverzorgde, slanke hand naar het kinderhoofdje toe alsof hij het wil strelen. Zijn gezicht met de goudomrande bril is vijf centimeter van Emma's mond vandaan. Ze zoent hem.

'Gaat het, Emma? Is het goed met je? Ik dacht dat het zwaar voor je was, het duurde zo lang. Wat een donker kindje, haar haren lijken wel zwart.'

'Dat is nesthaar,' roept de verpleegster die de waskommen leegt boven het watergedruis uit. 'Het valt uit en het echte haar komt ervoor in de plaats. Maar dat kan soms even duren, dan heeft u een kaal kind.'

Emma en Egbert kijken. Het kind fronst, het beweegt de kleine handen waaraan de vingers met de gerimpelde kootjes en de schelpkleurige nagels te groot lijken.

Uitdijen en vervloeien waar geen weerstand meer bestaat. Het hoofd rondt zich, er is een knakken en kraken bij elke beweging. Een intens ongenoegen diep van binnen, de kern. Een gemis dat de mond wijd opentrekt, een verlangen dat een schreeuw wordt. Schrik. Stilte. Dan weer de pijnlijke leegte die uitgekrijst moet worden. Brullen, slaan met de nieuwe handen door de lucht, zo ijl, zo gemakkelijk. Slaan tegen dat zachte en warme, de mond voegen om wat daarvoor gemaakt is, beuken en slaan, slaan, slaan tot de leegte volloopt met vervulling van wiegen, zuigen en zingen.

'Ze drinkt,' zegt Emma trots. Egbert veegt zijn bril schoon met zijn zakdoek. Hij kust zijn vrouw op haar haren en gaat de kamer uit.

3

Bouw Kraggenburg was moe. Heel die warme zomerdag had hij vergaderd in een kantoorpaleis met kunstmatige luchtcirculatie. Zijn mond was droog en zijn neus prikte. Toen hij om half zeven de deur achter zich dicht hoorde zoeven proefde hij de zwakke rottingsgeur die over de parkeerplaats hing en draaide hij z'n gezicht naar de zon. Naar huis. De zware tas zette hij naast zich op de voorbank. Hij had geen zin in de snelweg en bleef op de oude straatweg rijden, geduldig wachtend voor de talloze stoplichten, uitkijkend over de weilanden en het water van de Vliet, door Voorburg en Leidschendam naar Voorschoten.

In de tuin waren alle planten iets te ver doorgeschoten en was het gras te droog. Hij opende de terrasdeuren, wrong zijn voeten uit de schoenen zonder de veters los te maken en haalde een fles mineraalwater uit de ijskast. Een bodempje whisky. IJsblokjes. De krant.

Twee weken alleen in huis. Was hij twintig jaar jonger geweest, dan zou hij de avonden hebben gevuld met moeilijk te verkopen afspraken, met alle dingen waar hij Johanna niet mee wilde kwetsen. Met te veel drank en volle asbakken in de slaapkamer. Nu hij de zestig voorbij was zat hij uitgeput op het terras. Blij dat hij geen praktiserend arts meer was, dat hij geen dienst had, geen achterwacht hoefde te zijn. Leve de inspectie; liever drie dikke rapporten lezen dan midden in de nacht in de auto stappen op weg naar iemand die pijn had en op hem wachtte.

Johanna werkte nog net zo hard als vroeger, net als hij op een grensgebied van de geneeskunde. Ze vertegenwoordigde een groot psychofarmaceutisch concern. Ze was voor twee weken naar Stockholm en Kopenhagen gereisd om collega's te overtuigen van de superioriteit van haar nieuwe antidepressiva. Johanna was zeven jaar jonger dan Bouw en had haar eigen pillen nooit nodig gehad.

Er was geen wind. De appelboom gaf weldadige schaduw. Bouw nam de eerste slok van zijn whisky. De naam van de krant was in massief zwarte letters gedrukt. Daaronder stond een schematische tekening van twee in elkaar verstrengelde handen met het onderschrift: 'De *Leidsche Courant* biedt de helpende hand'. Bouw moest er voor de zoveelste keer om grinniken en begon traag de pagina's om te slaan. Een foto van het Rapenburg vol waterlelies. Reptielententoonstelling in de Hortus. De prijs van de sperziebonen op de groenteveiling. Kunst. Muziektips. Hij vouwde de krant dubbel en begon te lezen.

HOOGTEPUNT VAN DE NEDERLANDSE PIANISTIEK OP CD VASTGELEGD.

Het landschap van de Hollandse klaviertechniek kent nauwelijks hoge bergen. Er is per generatie een enkele virtuoos geweest die ook internationaal is doorgebroken, maar toonaangevend is Nederland op dit gebied nooit geworden. Interessanter dan zulke superieure eenlingen is altijd de onderstroom geweest van pianisten als Goud, Biermans en Laagland, die weliswaar zelden buiten de grenzen bekend werden, maar die boeiden door een eigenzinnige visie op hun vak. Tot deze groep behoort zonder twijfel ook Wanda Wiericke. In tegenstelling tot haar collega's werd zij in de jaren zeventig ook internationaal beschouwd als behorend tot de absolute top. De wat oudere muziekliefhebber zal haar repertoire voor piano solo, zoals DGG dat op LP vastlegde, zeker nog in de platenkast hebben staan. Wiericke werd vooral beroemd door haar vertolking van variatiewerken en wist als geen ander de grote lijn vast te houden in gefragmenteerde composities zoals de Études Tableaux *van Rachmaninov en, haar grootste prestatie, de* Préludes *van Chopin.*

DGG *had haar onder contract en was van plan een eerste cd uit te brengen met deze* Préludes *en de* Goldbergvariaties *van Bach. Helaas heeft Wanda Wiericke dit contract moeten verbreken toen zij, in het begin van de jaren tachtig, door ziekte gedwongen werd zich uit het muziekleven terug te trekken.*

De versies die nu op cd te beluisteren zijn, werden overgenomen van

de oude opnamen. Zij laten ons een hartstochtelijk pianospel horen,
vurig doch beheerst, en gesierd door een perfecte techniek die altijd in
dienst van de muziek staat. In de loop van de komende jaren zal D G G
iedere zes maanden een nieuwe cd op de markt brengen met oud mate-
riaal van deze intrigerende artieste. Aanbevolen!

Wanda. Bouw was onthutst. Hij legde de krant op tafel. Moet je op
de hoogte blijven van het wel en wee van je ex-echtgenoten? Liever niet, misschien. Hij had haar muziek nooit meer echt goed
kunnen horen, kon het niet meer verdragen. Wanda. Hij dacht dat
ze in Amerika zat. Hoe heette die gladjakker, die impresario van
d'r? Die zou hij morgen bellen. Nu Johanna er niet is.

Hij stond op en rekte zich uit. Het liep tegen achten en toch was de
hemel zo stekend blauw dat zijn ogen ineens vol tranen stonden.

4

De stenen in de vloer van de hal zijn glad en zacht, zwart en wit. Alleen met je tong kan je voelen waar de zwarte steen aan de witte grenst. Bitter. 's Morgens dweilt Stina de hal met zeepsop. Daarna wrijft ze met een doek, gemaakt van een oude deken, over de tegels tot ze glimmen. Stina zit op haar knieën. Wanda ligt naast haar op de grond.

'Kom maar,' zegt Stina, en dan mag Wanda op de brede rug zitten, dan is Stina het paard. De zon schijnt door het gekleurde glas boven de deur en maakt waterige vlekken op de vloer. De lichtplekken schuiven van de ene steen naar de andere. Ze klimmen omhoog langs de zwarte paraplubak, tegen de kapstok, het licht kleurt Wanda's jas en, hoger, de jassen van mama. Papa heeft z'n jas aan, hij is naar z'n werk gegaan vanochtend.

In de keuken drinken ze koffie en melk. Wanda, mama en Stina. Op de grote tafel liggen messen, vorken en lepels. Het is poetsdag. Mama en Stina wrijven de vorken tot ze schitteren als een spiegel in de zon. Wanda krijgt een flanellen lapje om haar eigen vork en lepel mee te poetsen. Ze staat tegen mama's knie geleund en ruikt de schone katoenen schort, het poetsmiddel, mama's parfum.

De vrouwen lachen samen. Mama moet vanmiddag repeteren en Wanda blijft bij Stina. Ze zullen in de moestuin boontjes gaan plukken en samen langs de frambozenstruiken gaan lopen; misschien is er genoeg voor het avondeten. Achter in de tuin staan peren- en pruimenbomen. Op de grond liggen kleine, harde peertjes, die Wanda in haar poppenwagen verzamelt.

Dat is de zonkant van het huis.

Vanuit de zwart-witgeblokte hal voert een donkere trap naar boven. Daar is papa's werkkamer, waar het naar tabak en papieren ruikt. Wanda mag daar niet komen. Als Stina er schoon gaat maken moet Wanda op de gang wachten. Ze rent ongeduldig heen en weer, ze is nu zelf een paard dat steigert en galoppeert.

In de moestuin kan je liggen tussen de frambozenhagen, een lang bed van gras. De frambozen zijn donkere plekken tegen het groene blad, hoe langer je kijkt, hoe talrijker en groter ze zijn.

Tussen de twee groene muren is er een hemel met voortdrijvende wolken die steeds een ander schilderij maken. Wanda hoort de bonen in de emmer vallen, *plok-plok*. Steeds doffer wordt het geluid als de emmer zich vult. Ogen dicht. Ze wordt wakker van Stina's gorgelende lach.

'Kom maar, ze zijn allebei weg, ik ben alleen met de kleine.'

Een zwaar voorwerp bonst op de grond. Wanda hoort klikken als van een openspringend kofferslot; dan een diepe, lange zucht.

'Ik maak wat te drinken voor ons,' zegt Stina, 'ga jij je gang maar.'

Straks sta ik op, denkt Wanda, straks ga ik kijken wie daar is.

Er komt een lied door de tuin gewaaid; Wanda ligt als verlamd tussen de bessenstruiken. Het is een heen-en-weerlied, een wiegenlied, waaronder een brommende toon de melodie steeds verder duwt. Het klinkt als de grammofoonplaat van papa, maar toch niet. Het is zelfgemaakte muziek maar het is geen piano.

Wanda staat op en rent de moestuin uit. Op de bank die tegen de keukenmuur staat zit een man met een pet op. Op z'n knieën heeft hij een soort doos die hij in en uit elkaar beweegt. Aan één kant van de doos zit een rechtoppianootje waar de man op speelt, met één hand, zonder te kijken. Aan de andere kant van de schuifdoos zit een dubbele rij knoppen.

De man tikt met zijn voet tegen de grond, in de maat van het lied. Wanda rent erheen, remt dan plotseling af op een meter afstand. Stina komt de keukendeur uit, een kan met limonade in haar hand.

'Kom maar kijken liefje, dat is echt iets voor jou! Dit is Koos met zijn trekharmonica.'

'Harmonica,' fluistert Wanda. Precies het juiste woord. Ze gaat dichter bij Koos staan zodat ze het instrument beter kan horen.

De man kijkt haar even aan. Hij heeft grijzige ogen in een volkomen bruin gezicht. Hij knipoogt. Op het heen-en-weerpunt van het lied houdt hij steeds even in; dan laat hij de melodie weer naar beneden rollen.

Stina schenkt limonade in. Ze zit naast Koos op de bank.

Wanda gaat tegenover de harmonica zitten, op de grond.

Vóór papa thuiskomt eet Wanda met Stina in de keuken. Stina legt haar vinger op haar lippen: 'Mondje dicht hè? Koos is ons geheim, dat moet je aan niemand vertellen.'

Wanda doet ook haar vingers voor haar mond en knikt. Ze wiegt heen en weer en zingt het lied dat ze in de tuin heeft gehoord.

In de eetkamer staan de rechte stoelen met de zachte stof erop. Papa's stoel heeft leuningen waar hij zijn armen op legt. Wanda is in bad geweest en gaat op mama's schoot zitten. Er staat een schaal frambozen op tafel. Papa kijkt in de krant. 'Je zou het niet moeten doen, Emma, in deze tijd. Het wordt verkeerd begrepen.'

'Het gaat toch om de muziek? Het is mijn vak. De dirigent is een Nederlander!'

'Maar je zingt in het Duits. Je zou elke schijn moeten vermijden.'

Emma zwijgt. Ze neuriet een walsmelodie in Wanda's haar.

'Ik begrijp wel wat je bedoelt, Egbert, maar dit is nu eenmaal zo afgesproken en geregeld. We doen de *Fledermaus* en zullen voor het volgend seizoen een Franse operette kiezen, ik verzeker het je!'

Egbert zucht. Hij gaat met de krant onder de leeslamp zitten.

Emma zet de vuile bordjes en glazen op het dienblad, terwijl Wanda door de openstaande schuifdeuren de tuinkamer in loopt. Daar staat de grote zwarte vleugel.

De drie dikke poten lopen naar beneden smal toe en monden uit in kleine wieltjes die elk op een ebbenhouten schoteltje staan. Als je onder de vleugel zit zie je de buik, die niet zwart is maar houtkleurig: dikke ribben, waar de glimmend gelakte bodem op is geplakt. Twee stalen kabels lopen naar de gouden pedalen, gevat in een zwarte zuil die iets boven de grond eindigt.

Voor de vleugel staat een brede kruk, waar Wanda op klimt zodat zij bij de toetsen kan. Over het toetsenbord ligt een soort dekentje, dat ze wegtrekt. Dan komt het geheimzinnige rijk van wit en zwart bloot: eilandjes van steeds twee en drie verhoogde zwarte in een zee van mat-ivoren witte toetsen. Wanda zit op haar knieën en zoekt het liedje dat ze vanmiddag hoorde, de wiegende gang van een zware en twee lichte tonen waarboven de melodie ging dansen, ze vindt wat ze zoekt, speelt links de zware en rechts de lichte tonen en denkt het liedje erbij.

Ineens staat mama achter haar en neuriet mee. Nu is er een echt lied boven Wanda's spel; het is niet helemaal hetzelfde als wat Koos zong maar het lijkt erop. Mama gaat achter de piano zitten met Wanda op schoot. Met haar voet geeft ze steeds een vleug pedaal op de zware toon. De klank bloeit op, blijft even doortrillen als de toets alweer opgekomen is en mengt zich met de lichte tonen erboven. Nu zingt ze voluit: *'Glücklich ist... wer vergisst... was doch nicht zu ändern ist.'*

Mama's handen spelen nu ook en maken de samenklank voller. Wanda heeft warme wangen gekregen en zingt met mama mee.

'Nu gaat Wanda naar bed.'

Papa staat naast de vleugel. Hij ziet eruit of hij de klep wil dichtslaan en mama weg wil trekken. Maar hij zegt niets meer.

In bed slaat ze met haar linkerhand tegen het zware hoofdeinde; dan twee tikjes tegen de zijkant met rechts. Zo maakt ze de bodem voor het lied, zo kan ze doorzingen zonder dat iemand het hoort, zonder dat papa haar stoort. Zo kan ze steeds nieuwe vormen van het lied bedenken zodat het altijd, altijd maar doorgaat.

★

Het is zomer. Wanda en mama zijn met de auto naar het witte huis gebracht dat op een duin ligt, in de plaats die Monster heet. Er is een grote, vierkante hap uit het dak genomen zodat de hoekkamer een buitenkamer is waarin je zo onder de hemel zit. Daar eten ze 's avonds met een bord op schoot. Je kijkt over de zee. De golven rollen zo hard dat ze over de kop slaan. Dan rekken ze zich uit over het zand, zover ze kunnen.

Soms komt papa. Dan eten ze binnen aan de tafel met het geruite kleed. Eerst gaan ze vegen, mama met de grote bezem en Wanda met de kleine. Hopen zand vegen ze bij elkaar op de rode plavuizen. Meestal is papa er niet. Wanda ligt in haar bed te luisteren naar de golven en mama leest op het terras.

Op het strand staat een rieten stoel, een stoel als een kamertje. Je kan er makkelijk met z'n tweeën in zitten. Ook daar zit mama te lezen als Wanda bezig is bij het water. Er staan veel van zulke stoelen op het strand. Die van hen heeft korenblauwe kussens, je ziet het blauw aan weerszijden van mama's witte jurk. Van tijd tot tijd kijkt Wanda op om te zien of de stoel er nog staat.

'We gaan wat drinken,' zegt mama. Met de sandalen in de hand lopen ze door het mulle zand naar de trap. Op de lage treden ligt nog veel zand; als je hoger komt voel je het hout erdoorheen. Boven aan de trap moeten de schoenen aan. Zandkorrels schaven tegen de huid. Ze wandelen over de boulevard naar het caféterras. Om de ronde tafeltjes staan witte stoelen met een rug van krullerige ijzeren stangen. Wanda kijkt naar de mussen die van stoel naar stoel vliegen, op zoek naar etensresten.

Een glaasje ranja, een pot thee.

'Mag ik even bellen?' vraagt mama aan de ober.

Zo terug, zei ze. De ijzeren krullen doen pijn aan je nek. Een mus komt op het schoteltje met cake zitten, zijn zwarte pootjes als draden om de rand geklemd. De vogel pikt in de cake en draait zijn kopje schuin alsof hij Wanda aankijkt. Blijven zitten. Geen geluid maken. Zo terug.

In het witte duinhuis staat mama onder de douche. Ze zingt. Voor het kleine spiegeltje in de slaapkamer steekt ze haar haar op. Lekker ruikend spul op haar wangen. Lippenstift. Ze bijt in haar zakdoek, daar staat nu een mond van twee rode streepjes. 'Hier, voor jou. We doen er ook een beetje parfum op.'

Wanda ademt diep in door haar neus. Het is niet zoals anders, er is iets, een onrust.

'Komt papa straks?'

'Nee, die komt zaterdag pas weer. Nu is het donderdag.'

Mama kijkt in de spiegel. Ze likt aan haar vinger en wrijft over haar wenkbrauwen.

De gordijnen zijn donkerblauw. Daaronder is een streep van licht. Het licht strijkt over Wanda's bed. Het is hier anders dan thuis, maar als je een liedje zingt wordt alles weer gewoon. Voorzichtig neuriet ze, eerst met het laken over haar hoofd, dan hardop, door de hele kamer heen. Het lied heeft geen woorden.

Als Wanda wakker wordt, komt er geen schijnsel meer onder de gordijnen vandaan. Rechtop zitten. Over de rand heen het bed uit klimmen.

'Mama?'

Het is donker op de gang. Wanda moet plassen maar het licht-knopje van de wc is te hoog en zonder licht is het eng. In de kamer is niemand. Wanda maakt de deur naar het terras open. Leeg. De zee fluistert, de golven gaan heel zacht nu het nacht is. In de verte zijn de lichten van de boulevard. Ze klimt over het stenen muurtje en staat op het pad. De gebroken schelpen doen pijn aan haar voeten. Wanda rent zo hard dat de lichten snel dichterbij komen.

De boulevard heeft gladde grijze stenen. De terrassen zijn ver-licht, alle deuren staan open. De mensen die langslopen praten hard met elkaar. Wanda gaat op de stoep zitten. Ze legt haar hoofd op haar knieën. Vanuit het restaurant achter haar klinkt muziek. De lucht is warm.

Ineens zit mama naast haar op de stoep. Wanda legt haar hoofd tegen de dunne stof van haar jurk. Ze huilt. Grote snottebellen komen haar neus uit.

Wanda kan haar plas niet meer tegenhouden. Er stroomt een klein beekje tussen haar voeten, het vocht bolt zich tussen de zand-korrels. De pyjamabroek is nat. Mama pakt Wanda op en draagt haar naar huis. Haar hoge hakken schrapen over het schelpenpad. Bij iedere stap voelt Wanda scherpe nagels in haar dijen prikken.

5

De verhuizers hadden de poten onder de vleugel geschroefd en vroegen Wanda waar het instrument moest staan. Ze wees naar het kleed voor de balkondeuren zonder iets te zeggen.

In de keuken maakte ze koffie voor de mannen en zocht naar geld voor een fooi. Van de koffie dronken ze nauwelijks; ze praatten rap en vrolijk met elkaar en rookten zware sigaretten. Wanda zat op een keukenstoel en masseerde haar duimgewrichten. Over de mannen heen keek ze de kamer in.

Nu ze in Frankrijk woonde, had ze eigenlijk een Pleyel moeten kopen. Maar ze kon dat lichte geluid niet uitstaan. Aanstellerij, oppervlakte. Eigenlijk hield ze van Duitstalige instrumenten: Schirmer, Bechstein, en vooral Bösendorfer. Steinway is te glad, te hard geworden. Wel betrouwbaar.

Laten die kerels weggaan. Het leek nu wel of ze pianist was, of ze niet kon wachten om achter dat ding te gaan zitten, zolang zij hier waren. Maar zo was het niet. Ze wist niet meer hoe het was om te gaan zitten met een klank in je hoofd, met een plan voor het besturen van armen en vingers. Misschien wist ze het nog wel, maar voelde ze het niet meer.

Opstaan, handen schudden, dankformules uitspreken, de trap af lopen. Beneden gaf Wanda de verhuizers nogmaals een hand voor ze de zware deur achter hen sloot.

Ze ging langzaam de trap weer op en sloot de kamerdeur achter zich hoewel er niemand in huis was. Zeker een derde deel van de kamer werd door het zwarte instrument in beslag genomen. Gek was ze geweest, gek dat ze zoveel geld had uitgegeven voor dat ding, dat apparaat, dat monster. Verhuizers, een kraandrijver, volgende week een pianostemmer. Een hel was het. Alsof ze zou kunnen spelen met deze kromme handen, zou kunnen zitten met haar scheve rug op een kruk zonder leuning. Waarom kon ze het niet laten zoals het was? Als ze de muziek miste kon ze toch een partituur gaan lezen, desnoods een plaat opzetten?

Ze ging op de bank zitten en staarde naar de piano. Haar polsen en duimen deden pijn, ze trok de mouwen van haar trui omlaag en stak de ingepakte handen onder haar oksels.

Vroeger, als ze hoofdpijn had, spierpijn of ander ongemak, dan ging het over als ze speelde.

Geen wondergenezingen door de geheime kracht van de muziek, maar wel een opklaring van de narigheid door training en beweging. In twintig minuten speelde ze een stijve nek eruit met langgebroken drieklanken in tegenbeweging. Oefeningen in eenzaamheid verricht, want niet om aan te horen. Bouw was de enige die er wel graag naar luisterde, hij was geïntrigeerd door het gymnastische, het arbeidsaspect ervan. Hij kon de klank horen groeien, hij hoorde de snelheid toenemen als bij een locomotief die op gang komt, zei hij.

Werk van alledag was het. Gaan zitten, voelen of de kruk de juiste hoogte had. Dat weet je op de halve millimeter nauwkeurig, daar is geen twijfel over mogelijk. Toch had ze in de loop van de jaren haar stoelhoogte meermaals veranderd. Hoog zitten betekent meer macht en overzicht, je kan met zware armen op de toetsen beuken. Te hoog maakt de klank hol en geforceerd, dan val je niet meer maar ga je duwen en slaan. De rug heeft geen ruimte. Lager dus. Voordeel: de handen hangen aan het toetsenbord, de fraaiste legatoklank ontstaat vanzelf, omdat de vingers aan het ivoor kleven. De laag zittende pianist heeft een perfect besef van zijn ellebogen. Uiteindelijk prikt hij zichzelf daarmee in z'n buik en dan draait hij de kruk weer omhoog. De zithoogte is een compromis: laag genoeg om de zwaarte van de onderarmen te kunnen voelen, hoog genoeg om de werkruimte te kunnen overzien.

Iets naar achter op de billen. Geslacht in contact met de zitting. Hielen op de grond, rechtervoet soepel omhoog naar het pedaal, liefst zonder schoenen, zodat de bal van de voet en het begin van de tenen direct het metaal raken, een omgekeerde lepel tegen je voetzool. De ruggegraat van onderaf overeind trekken, niet hol maar kaarsrecht in evenwicht boven het bekken, de armen hoog, hoog en dan laten vallen, schouders losrollen, nu is de nek helemaal vrij, het hoofd kan denken en de handen zullen doen wat zij doen moeten.

Voorzichtig rolde Wanda haar polsen heen en weer en keek naar de gezwollen gewrichten. Haar handen zijn ongehoorzame knechten geworden; morgen zal ze ze straffen met onderdompeling in heet, stinkend water.

Ze liep langs de vleugel zonder hem aan te raken en opende de balkondeuren. Het dorp lag stil in de diepgele gloed van de avondzon; vanuit het café waren stemmen te horen en vaag gerinkel van vaatwerk, verder was er in het hele dal geen geluid. Met de lichte plastic gieter begon ze de lavendelplanten water te geven, de tijm en de rozemarijn. Toen ging ze tussen de geurende potten zitten, haar rug gekeerd naar de kamer met de zwarte indringer.

6

De schouwburg heeft twee marmeren trappen die zich slingerend omhoog buigen en elkaar op het bordes ontmoeten. Boven het bordes hangt een lamp met duizend glazen stukjes die het licht naar alle kanten breken.

Daar gaat Wanda met haar vader. Egbert Wiericke koopt onder aan de trap een programma. Hij haalt de plaatskaartjes uit zijn vestzak, kijkt op het gouden horloge en stopt alles weer terug. 'We zitten mooi, op het eerste balkon.'

Met zijn lange benen vliegt hij de trap op, zijn ogen gericht op de toegangsdeur naar het balkon. De mensen die hem willen aankijken om hem te groeten laten hun blik verder glijden en verschikken iets aan hun haar of hun bril. Wanda klautert zo snel als ze kan achter haar vader aan. De lakschoenen knellen om haar voeten. Haar jurk is van donkerblauw fluweel. Er zit een wit kraagje op dat Stina gisteren nog heeft gestreken.

Ze zou nog wel even willen blijven staan om te kijken naar alle mensen, naar de kroonluchter en naar de schilderijen aan de muur waar verklede zangers op staan. Voor papa haar meetrekt naar de zaal ziet ze beneden een lange man binnenkomen, alleen. Hij schudt zijn jas van zijn schouders en zet koers naar de garderobe. Het zwarte krulhaar is boven op zijn hoofd dunner. Even kijkt hij op en vangt Wanda's blik. Meneer De Leon! Ze glimlachen naar elkaar.

In de zaal is het licht nog aan. Wanda en haar vader gaan op hun plaatsen zitten, vooraan op het balkon. Er is een gouden reling waar je je aan vast kan houden.

'Pas op dat je niets naar beneden laat vallen,' zegt papa.

Hij leest in het programmablad. Er staat een foto van mama in. Daarop heeft ze een heel glad gezicht en houdt ze haar hoofd scheef, lachend. Helemaal achterin staat een kleinere foto van meneer De Leon. 'Doet hij ook mee?' vraagt Wanda.

'Hij is repetitor. Hij oefent van tevoren met de zangers. Later komt het orkest erbij en hoeft hij niet meer mee te spelen.'

Wanda knikt. Zolang ze zich kan herinneren, komt meneer De Leon twee keer in de week een middag om met mama te oefenen. Dan gaan de schuifdeuren naar de eetkamer dicht en klinken daarachter de mooiste liederen die je je kan voorstellen.

Meestal zit Wanda met haar oor tegen de deur. Soms stopt de piano abrupt en praten ze zachtjes met elkaar, mama en haar pianist. Aan het eind van de middag is er thee, daarna mag Wanda publiek zijn en voeren mama en meneer De Leon de aria's uit die ze die middag geoefend hebben.

'Ik zing niet, hoor,' zegt mama een enkele keer, 'ik ben er nog niet klaar voor.'

Dan speelt meneer De Leon alleen, terwijl mama en Wanda naast elkaar op de bank zitten te luisteren.

'Het Mozartrondo, Max, dat mooie in a, wil je dat doen?'

Er rolt een langzame, verdrietige melodie door de kamer, een lied dat steeds meer versieringen krijgt, afdwaalt, verloren raakt in diepe onderstromen maar altijd weer terugkeert en eenzaam doorzingt tot het einde. Wanda zucht en zwijgt.

De lichten in de zaal gaan uit. In de bak zitten de muzikanten klaar om op te staan als de dirigent binnenkomt. Het verhaal is te ingewikkeld om uit te leggen, heeft papa gezegd. Het gaat over een kapper in Spanje. Mama is een meisje dat door een oude man bewaakt wordt. Er is er een verliefd op haar, maar zij is verliefd op een ander. Het kan Wanda niet schelen, zij luistert naar de ouverture en zit onbeweeglijk op haar pluchen stoeltje. Het is bijna jammer als het gordijn opengaat, je zou je ogen moeten sluiten en alleen de stemmen horen zonder afgeleid te worden door het geloop en gedans op het toneel.

Een man met een hoge stem die doordringt tot in de verste hoeken van de zaal staat op een tafel met een gitaar in zijn handen. Het lijkt of hij daarop speelt maar dat is niet zo, beneden in de orkestbak plukken de violisten met de vingers aan hun snaren. De man zingt. Mama verschijnt aan het raam, ze begint terug te zingen, hetzelfde hartverscheurende lied. Ineens trekt iemand haar weg bij de gordijnen. Ze gilt.

Papa geeft de kijker aan Wanda. Alles op het toneel is ineens heel dichtbij. Ze draait haar hoofd een beetje en ziet plotseling het gezicht van meneer De Leon, op een van de voorste rijen. Zijn donkere ogen glinsteren. Onafgebroken kijkt hij omhoog naar het toneel.

Wanda wacht op de terugkeer van het lied, maar dat gebeurt niet. Er wordt iemand gepest, ze stoppen hem in een kist waar hij niet in wil, het koor is opgekomen en met z'n allen zingen ze een plaaglied voor de verwarde man, ze dragen hem weg in de kist terwijl hij het niet begrijpt, het niet wil, hij gaat rechtop zitten en probeert te protesteren maar komt niet door het zware gezang heen.

Dan is het pauze. Ze zien meneer De Leon snel naar het deurtje onder het toneel lopen. Papa trekt aan Wanda's arm: 'Kom, we gaan!'

'Het is pas pauze!'

'Het is bedtijd.'

Papa dringt zich tussen de mooi aangeklede mensen door, Wanda achter zich aan sleurend. Dan staan ze in de koude avondlucht en vallen de schouwburgdeuren achter hen dicht.

★

'Nee, ik wil geen koffie, dank je.'

Emma glimlacht en legt een arm over haar buik. Egbert, met de koffiekan in de hand, buigt zich over haar schouder en kust haar. Hij glimlacht ook.

'Mag ik van tafel?'

Wanda glijdt van haar stoel en loopt de donkere achterkamer in. Ze klimt op de pianokruk en knipt het lampje aan. Op de lessenaar staat haar eigen muziek: etudes van Duvernoy en Burgmüller, voordrachtstukjes van Grieg en het notenboekje van Anna Magdalena Bach. Voor de pedalen staat een smal bankje, waar Wanda haar voeten op zet. O, waren haar benen alvast maar lang genoeg! Mama zegt dat het goed is om zonder pedaal te oefenen, je moet alle klank zelf maken en je leert mooi gebonden spelen. Als ze het quatre-mainsboek uit de muziekkast pakt schuift Wanda op en laat ze Emma aan de lage kant zitten. Dan reikt Emma met haar been naar het pedaal. De klank verdiept en Wanda kan haar melodie rustig in die akkoordenzee neerleggen. Maar soms wisselt Emma op het verkeerde moment zodat Wanda's tonen kaal in de lege lucht hangen; soms wisselt ze helemaal niet en lopen de akkoorden die naast elkaar zouden moeten staan in elkaar over. Wanda zou het liever zelf doen.

Vingeroefeningen van Hanon. Elke vinger voelen, de ruimte tussen de vingers. Dan onderzetten, overzetten, de toonladder. Elke dag een andere. Vandaag is Bes aan de beurt. Ze kent de geheimen van de kwintencirkel en huppelt van C naar F, naar waar ze zijn wil. Het menuet. Wanda stelt zich voor hoe de dansers langzaam om elkaar heen draaien, steeds stevig de voet op de grond plaatsend bij de eerste tel van elke tweede maat. Aan het eind van de frase buigen ze naar elkaar, dat hoor je bijna.

'Ze heeft zo'n onfeilbaar gevoel voor tijd, dat is niet te geloven. En ze is nog geen zes jaar!'

Egbert gromt bevestigend. De piano is stilgevallen, vanuit de achterkamer klinkt papiergeritsel. Wanda zingt zachtjes de melodie van het menuet.

'Ze moet naar school. Ze moet toch ook gewoon leren lezen. Ze zit de hele dag te spelen, dat kan zo niet doorgaan, hoe begaafd ze ook is. Je kan haar ook niet blijven lesgeven volgend jaar.'

'Ik zou 't wel willen. Maar ik ben bang dat ik haar bederf. Ze is zo'n talent, Eg, dat weet je niet half!'

'Je hebt volgend jaar wel wat anders te doen: dan loop je achter de kinderwagen! Met onze zoon erin, denk je niet?'

Emma lacht. Het wordt stil aan tafel. Wanda begint de Wals van Grieg te oefenen, met de brokkelige melodie die omhoog wil maar steeds weer terugvalt. Vorige week heeft meneer De Leon de wals voorgespeeld en Wanda probeert het zich te herinneren, probeert zijn bewegingen na te doen, zijn klank te maken.

Emma stopt Wanda in en gaat op de rand van het bed zitten. Haar buik bolt naar voren boven haar benen. Wanda legt haar hand erop. Het voelt stevig.

'Als de baby er is, gaan wij dan nog spelen?'

Emma kijkt naar haar dochter, kijkt naar de stevige handen met de vierkante vingertoppen.

'Daar heb ik het met papa over gehad toen jij aan 't oefenen was. Ik vind dat je groot genoeg bent om echt les te krijgen, niet meer van mij bedoel ik.'

'Van meneer De Leon,' zegt Wanda vastbesloten.

Emma en Wanda lopen hand in hand langs de Singel. Aan de overkant van het water hangen grote wilgenbomen met hun takken vlak boven de waterspiegel. Eenden zwemmen ertussendoor alsof het toneelgordijnen zijn. Ze lopen de brug over, een brede straat in. Naast een winkel is een poortje, daar gaan ze naar binnen. Ze komen op een binnenplaatsje waar planten in grote aardewerken potten staan. Aan de achterkant van de plaats is een gevel met grote ramen en een deur. Daaruit komt meneer De Leon.

'Welkom, welkom! Kom binnen!' zegt hij, terwijl hij zijn lange armen wijd uiteenslaat. Hij geeft Emma een kus op beide wangen en aait Wanda over haar hoofd. 'Ga zitten, Emma, geef je mantel maar.'

Bij de kachel staan een bankje en stoelen. Tegen een van de ramen is een tafel geschoven. Wanda ziet een jampot met potloden, boeken, muziekpapier. Meneer De Leon legt Emma's jas over een bureaustoel. Dan neemt hij Wanda mee om in de kamer rond te kijken. De hele achterwand wordt in beslag genomen door een boekenkast waar stapels muziek in liggen. Zoveel muziekboeken heeft Wanda nog nooit bij elkaar gezien. Ze draaien zich om naar het andere raam. Twee vleugels staan daar naast elkaar, de kleppen staan open, een zee van ivoor en ebbenhout. 'Die bij het raam is voor jou. Ga maar zitten.'

Twee dikke boeken legt hij onder haar voeten.

Wanda speelt de wals die zij geoefend heeft. Meneer De Leon zit aan de andere vleugel en speelt met haar mee. Hij draagt haar muziek zodat die nog mooier wordt dan ze vanzelf al is. Als ze klaar zijn draait hij zich om en kijkt Emma lang aan. Wanda vindt dat hij er bedroefd uitziet. Ze zegt niets.

In de nacht wordt Wanda wakker. Er is geen maan, er hangen wolken met een grijzig licht eronder. De straat is stil en leeg. Ze staat voor het raam en begint te huilen. Het stopt niet. Ze heeft niet genoeg adem en hijgt de lucht naar binnen tussen de snikken door.

Emma komt zacht de kamer in, als een spook in haar witte nachthemd. Ze brengt Wanda naar het bed.

'Wat is er toch?' vraagt ze. De tranen blijven stromen; heel lang duurt het voor Wanda tot rust komt.

Vanaf nu krijgt ze elke week twee keer les. Stina brengt haar naar het poortje en gaat dan boodschappen doen. Na een uur staat ze weer op de binnenplaats en lopen ze samen naar huis. Wanda draagt zelf haar muziektas met hengsels op haar rug. Rechtop.

7

'Impresariaat Keizer & Quint, met Marina Delblanc!'

'Kraggenburg. Ik ben op zoek naar gegevens over Wanda Wiericke. Kunt u mij helpen?'

'De pianiste! Ja, nee. Er hangt een concertaankondiging van haar recht tegenover mijn bureau. Uit 1975. Ingelijst. Maar ik geloof niet dat ze in ons bestand zit, niet meer.'

'Weet u een adres waar ze te bereiken is?'

'Nee. Als ze niet in het systeem zit kan ik haar niet vinden. We mogen trouwens geen adressen geven, dat is instructie.'

'Wie is nu de directeur van het impresariaat? Ik neem aan dat de oude directie met pensioen is?'

'Meneer Keizer is overleden. Mevrouw Quint leeft nog, maar die werkt niet meer. Ik heb haar één keer gezien, met de nieuwjaarsborrel. Meneer Schelling is de directie.'

Fred Schelling! Boekhouder en klavecimbelbouwer. Toen Bouw hem leerde kennen plakte hij séjourenveloppen. Nu is hij directeur van een artistiek wereldconcern. Hij weet vast wel waar Wanda is.

'Meneer Schelling is er momenteel niet, hij heeft vakantie.'

'Dan zijn wij denk ik uitgepraat.'

Hij brak het gesprek af voor zijn irritatie hoorbaar zou worden. De ijverige Schelling leek hem wel iemand die zijn telefoon naar zijn vakantieadres zou doorkoppelen.

'Kraggenburg! Dát is lang geleden! Nee, je stoort allerminst, zeg het maar!'

Schelling wist het ook niet, behalve dan dat Wanda na de dood van haar vader, nee, haar moeder was het – de oude mevrouw Wiericke, de zangeres – ziek was geworden; de aard van de kwaal bleef onduidelijk maar spelen kon ze niet meer, ze had plotseling alles afgezegd, net voor een tournee in Italië. Laagland was toen ingesprongen, een groot succes overigens.

'Waar zit ze nu, Schelling, is dat bekend?'

'Ze heeft een huis gekocht in Frankrijk, in de Pyreneeën, uiteindelijk. Het adres hebben wij nooit geweten, we deden immers geen zaken meer toen zij zich had teruggetrokken. Midden in de bergen was het, zei Keizer, totaal van de wereld. Mij lijkt dat niets, ik zit liever op m'n boot zoals nu. Hoor eens, ik kan haar adres voor je opvragen bij D G G, die moeten contact met haar hebben gehad voor het maken van die cd. Doe ik meteen! Met plezier!'

Bouw was te dik. Hij rookte en dronk. Hij was snel moe, of eigenlijk lui. Hij bedacht nog wel eens iets om te doen, maar de uitvoering van zo'n plan kwam er zelden van. Nu leek er een onderneming op gang te komen door de zoektocht naar Wanda's adres.

Johanna is weg, de kinderen hebben hun eigen besognes, ik kan gaan en staan waar ik wil. Over een week het congres in San Sebastián, m'n praatje is vrijwel klaar, m'n afspraken zijn gemaakt. Ik kan het vliegtuig afbellen en in de auto stappen, nu. Een omweg over Tarascon of Luchon of Ax, en dan naar de kust. Als ik geen zin heb om haar op te zoeken ga ik wat rondkijken, of in een hotelletje zitten. Ik kan werk meenemen.

Hij liep naar boven en zette een koffer op het bed.

Johanna kreeg hij te pakken in de directeurskamer van een Zweeds ziekenhuis.

'Ik ga een week eerder. Met de auto. Heb je het een beetje gezellig daar?'

'Heel prettig. Mooie bestellingen en plannen voor onderzoek. Lekker eten ook. De mensen zijn een beetje stijfjes maar daar kan ik nu niet over uitweiden want ze zitten op m'n lip. Rijd je niet te lang achter elkaar? Het is een geweldig eind, naar Spanje. Is het je te stil in huis?'

'Ik heb zin om weg te gaan. Daar wat rond te rijden.'

'Je kan toch een auto huren?'

'Dat is niet hetzelfde. Ik wil me niet vastleggen.'

'Vrijheid! Je lijkt wel twintig.'

Johanna lachte. Bouw bedacht dat hij naar het noorden zou moeten gaan en haar moest wegplukken bij die keurige medische heren; samen zouden ze over de eindeloze Zweedse bergruggen rijden. Maar hij wilde iets anders, hij wilde weten hoe het met Wanda was. Hij moest iets opklaren of controleren van vroeger, zoiets, hij moest gaan en dan verder zien.

Hij zette een oude plaat over op een bandje. Opus 110 en de Variaties in c. Voor in de auto. Het werd zes uur voor hij kon vertrekken. De snelweg was propvol spitsverkeer, maar de auto was net terug van een grote onderhoudsbeurt en Bouw voelde zich uitgerust en wonderlijk licht van zinnen.

Ten zuiden van Brussel at hij een biefstuk bij een glas bier en tegen middernacht nam hij een hotelkamer in de buurt van Parijs. Hij viel als een blok in slaap.

De volgende dag lag heel Frankrijk voor zijn wielen. Langs de snelweg stonden bruine borden met tekeningen van lokale bezienswaardigheden. Maar Bouw besefte dat hij niets meer hoefde te zien. Wat was de moeite waard om te bekijken? Mensen gingen wandelen in Nepal, kamperen in de Grand Canyon, duiken bij Tahiti. Dat moesten ze allemaal gezien hebben. Hij ook, hij was naar Zuid-Afrika gereisd, hij had Amerika doorkruist en was in Indonesië geweest. Prachtig, indrukwekkend, interessant. Maar welk landschap was hij niet vergeten, van welke vergezichten kon hij nu nog zeggen dat hij blij was ze gezien te hebben? De Waal bij Hurwenen, de meren van Bassiès, de glooiende kopakkers bij Watou, de groene heuvels van Guipuscoa. Dat was alles. Meer dan die bergen en wateren had je niet nodig. Deze reis voerde hem langs alles wat hij hebben wou.

Hij draaide de ruiten aan beide kanten omlaag zodat de auto vol warme wind stroomde. Hij duwde de band in de geluidsinstallatie en liet Beethoven wedijveren met het geraas.

8

Wanda is zes en zij kan lezen, fietsen en bijna zwemmen. Haar fiets is te groot, de fietsenmaker heeft houten blokken op de trappers gemonteerd zodat zij erbij kan.

Als zij 's zomers bij tante Ida logeert mag ze rijden op de kleine rode fiets die van Suze is geweest. Suze is al acht, zij kan alles behalve pianospelen. Achter het huis in Montfoort is een weiland met sloten. Na het eten gaan Suze en Wanda daarheen. Ze jagen de kikkers op met stokken en spelen zwembad.

'Vooruit jij! Honderd tellen watertrappen!'

Ze zijn heel streng. 's Avonds fluistert Suze over hoe het is op school. Er was een jongen die zijn pikkie liet zien onder de bank en iedereen was geschrokken, maar het was een stompje kaars.

Op zolder spelen ze met de verkleedkleren. Ze krijgen baby's, waar ze ook heel streng tegen zijn. Wanda wordt doodmoe van het zorgen voor haar kinderen, ze zijn zo lastig en ze gehoorzamen slecht. Dan gaat ze uitgeput in een blauwe zijden japon bij Suze een kopje thee drinken, terwijl de baby's krijsen in hun bedjes.

Wanda vertelt over de baby in mama's buik. Haar moeder is zo dik dat ze haar jurken niet meer dicht kan knopen. In het donker van de meisjeskamer vertelt Suze haar hoe de baby erin gekomen is. Suze weet alles. De man stopt zijn piemel in de vrouw, zegt Suze. Ze moeten helemaal bloot zijn anders gaat het niet.

Wanda schrikt eigenlijk nauwelijks. Ze denkt aan Stina, hoe die stond te giechelen en te hijgen wanneer de harmonicaspeler zijn handen onder haar schort stak. 'Schei uit, schei toch uit,' zei Stina, 'zie je niet dat de kleine er is, wat moet die wel denken!' Maar de harmonicaspeler zag niets. Hij boorde zijn bruine kop in Stina's hals en liet zijn hand over haar dij omhoogkruipen, precies zoals op zijn instrument. Hoewel Stina riep dat hij op moest houden hield ze hem stevig vast en duwde ze haar buik tegen zijn onderlijf aan. Lachend.

Samen in bed, had mama gezegd, en dan veel van elkaar houden.

Wanda ligt met Suze in bed. Ze houdt van Suze. Toch komt er geen echte baby, daarvoor moet dat vreemde gebeuren, waar Stina aan denkt, en de jongen uit Suzes klas, en Suze zelf. Nu weet ik het, denkt Wanda, nu ken ik het geheim van grote mensen. En ik kan fietsen. Ik weet het, maar ik geloof het niet. Dat papa en mama het gedaan hebben, dat kan ik niet geloven.

'Zullen we vader en moeder spelen?' vraagt Suze. 'Dan moeten we onze pyjama's uitdoen.' Onder de dekens schuift ze haar pyjamabroek naar beneden. Wanda blijft stil liggen maar kijkt als Suze de dekens wegslaat. De sprei glijdt op de grond, Suze trekt hem omhoog, steunend op knieën en ellebogen. Haar billen steken als een bleke zwembroek af tegen de gebruinde rug. Tussen de dijen ziet Wanda de witte schaamlippen als een rechtopstaande, gesloten mond. Er loopt een geïrriteerd rood randje langs, glimmend van de vaseline. Wanda schuift haar handen onder zich.

'Je moet je billen laten zien,' zegt Suze als ze weer is gaan liggen. 'Toe nou, jij óók!'

'Nee,' zegt Wanda. 'Dat wil ik niet.'

★

De grachten zijn dichtgevroren en op de Singel wordt er de hele dag geschaatst. Je kan zo over het water de stad in lopen zonder de omweg over de brug.

'De kolenman verkoopt schaatsen,' zegt Emma. 'Wanda moet schaatsen krijgen, van die blokjes, om het op te leren.'

Egbert gaat ze halen. Er zitten lange, oranje banden aan waarmee ze ze vast kan binden over haar laarzen.

Met Stina gaat ze naar de Singel. Ze nemen een stoel mee en zetten hem zomaar op het ijs. Stina bukt en maakt de schaatsen stevig vast. Wanda's wanten zitten met een koord dat door haar jas loopt aan elkaar. Ze kan ze nooit verliezen.

'Je muts moet op, anders bevriezen je oren. En altijd je wanten aan, voor als je valt.'

Wanda gaat staan. Ze grijpt Stina vast want het voelt wiebelig, alsof ze ieder moment voorover kan vallen en met haar handen tegen het ijs kan slaan.

'Pak de stoel maar,' zegt Stina. 'Je moet eerst een beetje oefenen, dat kan je wel.'

Wanda kijkt om zich heen. Onder de takken van de wilgenboom is het water open. Daar zwemmen de eenden dicht bij elkaar in het rond. Stina loopt erheen om ze wat oud brood te geven.

'Het is een wak. Daar mag je niet in de buurt komen, het ijs is te zwak,' zegt ze als ze terugkomt. Stina loopt heel voorzichtig, ze tilt haar voeten niet op maar glijdt over het ijs. Het gaat langzaam. De mensen die al kunnen schaatsen rijden hard, op lange ijzers. Ze buigen hun rug en maken witte krassen in het ijs.

Ik ga nooit vallen, denkt Wanda. En nooit in een wak rijden. Je klemt je met je handen aan de ijsrand vast en dan rijdt er een schaatser over je vingers, hij snijdt je vingers eraf en je voelt het niet van de kou. Ze balt haar handen tot vuisten in de wanten en voelt een kriebeling van angst tussen haar benen. Nooit vallen. Aan het eind van de middag schaatst ze aan Stina's hand. Emma zit op een hoge stoel voor het raam van de muziekkamer en kijkt.

Wanda is geen enkele keer gevallen.

★

Dokter Tromp is gekomen. Hij heeft zijn fiets in de voortuin gezet en komt binnen met zijn koffertje. Papa neemt zelf zijn jas aan en hangt hem op aan de zwarte kapstok. Hij schudt de dokter de hand. De beide mannen zijn even groot, ziet Wanda, maar dokter Tromp is breder. Hij vult de hele gang met zijn grote lichaam en stapt op Wanda af, die tegen de muur leunt bij de deur naar de keuken. Hij draagt hoge schoenen van stevig zwart leer en zijn broekspijpen worden door zilverkleurige klemmen bij elkaar gehouden, zodat ze niet tussen de fietsspaken zullen fladderen.

Hij geeft haar ook een hand. Een warme, rode hand met schone, recht afgeknipte nagels.

'Zo grote meid,' zegt de dokter. Hij knipoogt. Met een snelle hoofdbeweging gooit hij zijn grijszwarte haarlok naar achteren. Dan gaat hij naar boven, waar mama in bed ligt. Papa loopt hem achterna.

Wanda gaat naar Stina in de keuken.

'Het gaat gebeuren,' zegt Stina. 'Ze heeft zo'n pijn, je moeder, dat kan niet lang meer duren. De dokter gaat haar helpen. 't Is vast een jongen, zo dik als ze is.'

Alles is in de war vandaag. Het is etenstijd maar niemand praat over eten. Wanda gaat aan de keukentafel zitten en kijkt in het boek dat ze van meneer De Leon heeft gekregen. *Kleine Preludiën en Fughetten* heet het. Van Bach, Johann Sebastian. Het eerste stuk ziet er eigenaardig uit, met veel akkoorden en versieringstekens voor de rechterhand. Wanda begrijpt het pas als ze ziet dat de linkerhand de baas is, dáár zit het lied.

'Dat je daar wijs uit kan, al die zwarte vlekjes!'

Wanda kijkt op. 'Ik hoor het in m'n hoofd. Soms weet ik het niet, dan ga ik het even spelen.'

Er klinkt geschreeuw van boven. Stina loopt naar de deur. Papa en dokter Tromp komen de trap af.

'We moeten naar het ziekenhuis,' zegt de dokter. 'Waar is uw telefoontoestel, dan bel ik meteen.'

Papa gaat de trap weer op. Wanda hoort dokter Tromp praten op de gang.

'Een ziekenwagen. Nu direct. Ik zal zelf even de gynaecoloog bellen. De o k moet klaargemaakt worden voor een keizersnee.'

Hij belt een ander nummer; het duurt lang voor er wordt opgenomen.

'Ik dacht dat het een stuit was, maar 't is toch een dwarsligging. Niet te keren. Ja, 't is al bezig. Tweede kind. Ik zie je straks!'

De ziekenauto komt om mama mee te nemen. Ze loopt zelf de trap af. Tussen de weeën door, zegt Stina. Beneden moet ze op een smal bedje gaan liggen met wielen eronder. Haar buik is breder dan het bed.

Wanda komt haar dagzeggen. Mama's gezicht is rood. Ze huilt een beetje maar lacht toch tegen Wanda.

'Ik kom gauw terug. Met de baby.'

Wanda knikt. Ze bijt op haar lippen en weet niets te zeggen. De mannen van de ambulancedienst rijden mama naar buiten, de auto in. Papa gaat mee, hij heeft spullen voor mama in een tas gedaan.

Stina bakt wentelteefjes. Ze blijft vannacht slapen.

'Wij maken het gezellig met z'n tweeën,' zegt ze. In een diep bord klutst ze twee eieren met een beetje melk. Daarin weekt ze oude boterhammen, die ze daarna in de koekenpan legt.

'Straks is ze alle pijn en ellende vergeten, als ze die kleine in haar armen heeft. Wij gaan lekker wat eten, ruim je boek maar even op.'

Ze bestrooit de goudkleurige boterhammen met suiker en een beetje kaneel. Wanda wil graag eten, wentelteefjes zijn haar lievelingsmaal en het is aardig van Stina om dat nu te maken, maar het lijkt of de happen in haar keel blijven steken en niet naar beneden willen.

'Je vader was knap zenuwachtig,' kletst Stina. 'Mannen begrijpen het niet, ze staan met lege handen. Ja, het kind moet komen en met al hun geleerdheid kunnen ze daar niets aan veranderen.'

'Wat is een keizersnee?' vraagt Wanda ineens.

'Ze snijden je open over je hele buik en dan halen ze het kind eruit. Mijn zuster heeft het gehad. Een litteken van navel tot kruis. En een pijn, naderhand! Soms moet het, als het kind te groot is of niet goed ligt. Dan kan het niet anders, dan kan je wel persen tot je doodgaat maar dan lukt het toch niet.'

Opensnijden, denkt Wanda. Ze snijden mama open, om de baby eruit te halen. Het is papa's schuld. Hij heeft de baby gemaakt bij mama. Hij was blij, hij wou het. Als hij dat niet met mama gedaan had, bloot, in bed – dan was dit nooit gebeurd.

'Goed zo,' zegt Stina, 'Nu eet je tenminste. Drink je melk op, dan ruim ik af en gaan we een spelletje doen. Naar bed hoef je van mij nog niet, we kunnen beter samen wachten.'

Nooit, denkt Wanda, hij had het nóóit mogen doen. Het is zijn schuld.

De baby heet Frank. Hij slaapt in Wanda's oude wieg aan mama's kant van het grote bed. Mama is steeds bij hem. Wanneer ze beneden komt houdt ze haar buik vast met beide handen. Sinds ze uit het ziekenhuis is gekomen, heeft ze haar haar niet meer opgestoken. Het hangt in slierten om haar schouders als ze in haar kamerjas aan de keukentafel zit. Wanda kijkt naar mama's buik.

'Ja, het duurt een tijd voor ik weer de oude ben,' zucht Emma. 'Ik ben blij dat Stina er is, ik kan nog niks. Ik lig maar. Ik ben blij als je studeert, dan heb ik iets om naar te luisteren.'

Wanda gaat mee naar boven. Frank heeft een groot, bol hoofd. Zijn armen en benen liggen uitgeklapt op het matrasje; als Emma hem oppakt hangen ze slap naar beneden.

De baby groeit niet. Hij krijgt vouwen in zijn vel en zijn buik wordt steeds minder rond.

'Hij weet niet hoe hij drinken moet,' zegt Emma. 'Hij kan het gewoon niet.'

Ze heeft stevige zwachtels om haar buik en ook om haar borsten. Frank kan de melk er niet uit krijgen, hij zuigt niet. Als Emma hem aan de borst legt hangt zijn mond zo weer open en druppelt de melk op zijn hemdje.

'Het is niet goed,' zegt Emma 's avonds aan tafel. 'Wanda was heel anders, die voelde je in je armen en ze dronk als een jong kalfje. Ik bel Tromp morgen, zo gaat het niet langer.'

'Onzin,' zegt Egbert. 'Het is een gezonde jongen, negen pond, daar is niets mis mee.'

Maar Frank huilt. Dag en nacht huilt hij met een zwak, hoog geluid. De witte metalen weegschaal met de zilveren gewichten geeft aan dat hij steeds minder weegt. Het grote gewicht staat nu op drie in plaats van vier.

Stina probeert het met een lepeltje dat ze tot een tuit heeft geknepen met een nijptang. Ze houdt Frank rechtop op schoot en giet de melk voorzichtig in zijn mond. Hij hoest, verslikt zich, maar krijgt toch iets binnen.

'Er kan toch iets met hem zijn?' zegt Emma. 'Het lijkt wel of hij me niet ziet. Wanda lachte met vijf weken.'

'Wanda huilde ook,' zegt Egbert.

'Ja, ze schreeuwde en huilde als ze honger had, of een vieze luier. Maar als ik de kamer binnenkwam werd ze stil, dat hóórde ze, ze wist dat het dan goed kwam. Frank huilt altijd, of hij verschoond is of niet. En hij hoort me niet komen. Ik kan het niet meer aan, Egbert, ik ben zo ongerust.'

Dokter Tromp komt. Hij kijkt ernstig. Hij geeft Frank een speen met een heel lange tuit, zodat de melk ver in zijn mond terechtkomt.

'U moet steeds over zijn lippen wrijven, zodat hij het gaat voelen. En altijd het hoofd schuin leggen in de wieg, dan blijven de luchtwegen vrij als hij spuugt.'

Hij zegt nog veel meer, dokter Tromp. Hij zit met Emma en Egbert in de studeerkamer en ze praten wel een uur. In de keuken wachten Wanda en Stina met het eten. Het ruikt naar stooflapjes, in de tuin krijgen de bomen al dikke knoppen en Wanda wil naar de piano maar durft niet.

Emma komt haar instoppen. Ze heeft gehuild maar haar haren zijn opgestoken.

'Er is tóch iets met Frank,' zegt ze. 'Dokter Tromp heeft het eindelijk verteld, hij moest wel, omdat ik zo aandrong. Frank is een mongool. In het ziekenhuis hadden ze het eigenlijk al gezien maar niemand wilde het tegen ons zeggen. Afwachten, dachten ze. En ik maar denken dat het aan mij lag!'

'Wat is een mongool?'

Emma pakt haar zakdoek en veegt haar ogen af.

'Zo noemen ze kinderen die niet goed kunnen leren. Die blijven altijd kind, ze kunnen niet volwassen worden.'

'Gaat hij dan dood?'

'Nee, hij kan wel groot worden, maar dan is hij toch nog een kind. Hij zal niet kunnen lezen en nadenken zoals jij. Alles wat hij leert duurt heel erg lang. Daarom kan hij ook zo moeilijk drinken. Daarom lacht hij niet tegen ons.'

Mongool, denkt Wanda. Mongool mongool mongool. Papa's schuld. Omdat hij dat met mama gedaan heeft, omdat hij zo blij was met de baby, daarom heeft hij een mongool gekregen. Net goed. Wanda moet ook huilen. Mama drukt haar tegen zich aan.

Ze snikken allebei. Net goed, denkt Wanda, net goed, eigen schuld.

Op een mooie dag in mei, als Wanda net zeven jaar geworden is, wordt het oorlog. Mag je buiten spelen als het oorlog is? Mag je muziek maken? De Duitsers komen met tanks en soldaten om Nederland in te pikken en de baas over ons te spelen, dat zegt haar juf op school. Het is wel duidelijk dat de Nederlandse soldaten gaan verliezen. Rotterdam staat in brand, vanuit het zolderraam kan je de zwarte wolken zien. Het blijft prachtig weer. Mama praat niet over oorlog, ze zit met Frank op schoot en probeert hem te voeren. Heel zacht zingt ze een liedje voor hem, ook als hij niet luistert. Wanda denkt aan het lied dat mama vroeger zong: *Glücklich ist... wer vergisst* – dat is een Duits lied en toch is het prachtig. Bach was Duits! En Schumann!

Papa komt op een rare tijd terug van zijn werk. Zijn gezicht staat nog strakker dan anders. Hij roept iedereen bij elkaar in de keuken, mama met Frank op haar arm, Stina en Wanda.

'Het is voorbij,' zegt hij. 'We hebben gecapituleerd. Vanaf nu gelden de wetten van de Duitsers.' Hij kijkt Wanda aan. 'Maar iedereen heeft een wetboek van binnen. Daar moeten we nu naar luisteren.'

Papa legt z'n hand op mama's schouder en kijkt naar Frank, die tegen haar arm hangt te kwijlen.

'We zullen Frank thuis verzorgen. We laten hem niet naar een inrichting gaan en niet naar het ziekenhuis.'

Hij trekt met zijn mond. Mama legt haar hand op de zijne.

Wanda telt de gezichten van haar ouders en haar broer, bleke hoekpunten in een driehoek: een, twee, drie, een, twee, drie, een.

'Het is goed, Egbert; samen slaan we ons er wel doorheen,' zegt Emma.

'In de muziek is er geen oorlog, de muziek staat overal boven,' zegt meneer De Leon. 'Je vader zal echt niet bedoelen dat jij geen Bach meer mag spelen. Wat hij zei, over het wetboek vanbinnen, dat is een wijs woord. Jouw wetboek zegt vast niet dat deze preludes nu ineens verkeerd zijn, wel? Je speelt ze nog net zo graag als vorige maand. Dat voel je zo vanbinnen en daarom kan je rustig blijven spelen.'

Meneer De Leon legt zijn hand op Wanda's haar en aait haar. Hij legt haar alles uit wat ze weten wil en vertelt over Duitsland, over de armoede en over Hitler, die belooft om alles goed te maken als iedereen maar doet wat hij zegt. Hij vertelt over toespraken, laarzen en marsmuziek. Over hoe moeilijk het is om daar niet aan mee te doen, over Hitlers greep op de scholen en de kinderen die straks soldaten zullen worden.

Hij vertelt ook dat niet iedereen bij het Duitsland van Hitler mag horen. Sommige mensen zijn volgens Hitlers wetten niet goed. Zigeuners bijvoorbeeld, en negers, en joden. Ook mensen die ziek zijn, of die een gebrek hebben waardoor ze van alles niet kunnen, die mogen ook niet aan het nieuwe Duitsland meedoen. Ze zijn niet volwaardig, zegt Hitler.

'Dus ook mongolen.'

'Ja. Daarom vindt je vader het zo belangrijk om je broertje zelf te verzorgen. Als je hem ergens zou laten opnemen weet je niet wat er gebeurt. Je vader is een verstandig man.'

Wanda zwijgt. Misschien zal er een Duitse soldaat aan de voordeur komen, met grote laarzen aan. Hij trekt aan de bel en zij doet open. Er is niemand thuis. De soldaat vraagt of er mongolen in huis zijn en ze zal hem Franks wieg wijzen. Het moet, anders schiet hij haar dood. De soldaat zal weglopen met de baby onder zijn arm. Zij kan er niets aan doen.

Joden, zei meneer De Leon. Maar hijzelf dan? Een voornaam joods geslacht, zei mama toen Wanda eens vertelde dat ze zijn naam zo mooi vond. Hij heeft geen enkel gebrek, hij kan het mooiste pianospelen van iedereen.

'En u dan?' Wanda bloost. Meneer De Leon legt zijn vinger op zijn lippen en glimlacht.

'Lieverd, wij gaan gewoon door met de les. Wij gaan Bach spelen.'

★

Na het eten gaat Emma weg. Haar afscheidskus laat een rode vlek achter op Wanda's wang. Wanda wrijft erover en ruikt aan haar handpalm: lekker. Ze kijkt door het raam van de voorkamer hoe Emma het hek achter zich dichtdoet en wegwandelt op hoge hakken. Het is avond maar het is nog licht.

Frank ligt op de bank, met een kussen tegen zich aan zodat hij er niet af valt. Hij ligt op zijn deken met daaronder een zeiltje. Zijn hoofd ligt opzij, zijn dikke ogen zijn twee schuine streepjes. Zijn mond hangt open en hij kan niet ophouden met huilen.

Egbert heeft hem op schoot gehad om hem te voeren, maar steeds liet Frank de lange speen uit zijn mond glijden. Nu leest Egbert de krant. Hij zit in de grote stoel onder de lamp en kijkt zo nu en dan naar de baby.

Waarom huilt hij zo, denkt Wanda. Hij weet niet dat het oorlog is, hij weet niet dat mama er niet is. Misschien heeft hij honger, maar zo klinkt het niet. Hij maakt een zacht, jammerend geluid dat hoog begint en dan langzaam afzakt. Op het laagste punt haalt hij rochelend adem en begint dan opnieuw. Het klinkt verdrietig. Het is het enige liedje dat hij kent.

Achter de bank staat de vleugel. Wanda knipt het pianolampje aan.

'Je moet nu niet spelen,' zegt Egbert, 'dan kan Frank niet slapen.'

'Hij slaapt niet,' zegt Wanda. Ze zit achter de piano met de handen in haar schoot. Haar eigen wetboek, wat zegt haar eigen wetboek nu? Ze wil niet oefenen maar wel spelen. Drie soorten spel zijn er, zei meneer De Leon. Het mooiste en spannendste is voorspelen, vindt Wanda. Als een stuk helemaal af is, als het in haar hoofd zit en ze het kan spelen zonder de muziek, dan moet ze het voorspelen. Vanaf de deur van de leskamer loopt ze naar de vleugel, het stuk van binnen zingend. Ze gaat zitten, bedenkt hoe het begint en speelt het tot het eind. Als er iets misgaat mag ze het niet overdoen, pas de volgende les weer. In een apart schrift noteert ze alle stukken die ze kan voorspelen. Soms kiest meneer De Leon er zomaar een uit, om te kijken of ze het nog kan.

Studeren is ook spannend, maar het duurt zo lang. Je moet onthouden welke vinger welke toon moet spelen, je moet moeilijke stukjes apart doen, heel langzaam, zodat je nauwelijks hoort hoe het stuk eigenlijk gaat. Ook de rechterhand en de linkerhand moet je apart oefenen. Uit het hoofd. Je moet leren weten wat je doet.

Het leukste is: doorspelen. Een nieuw stuk, om te horen hoe het is. Oude stukken die niet in het voorspeelschrift staan. Of, waar ze het meest van houdt, quatre mains. Ze spelen uit lage, brede boeken en meneer De Leon bedient het pedaal. Je moet goed naar elkaar luisteren, elkaars tempo en speelmanier volgen, samen het stuk maken. Dat doen ze aan het eind van elke les.

Wanda doet de lamp weer uit. Zonder dat ze het echt besloten heeft is ze ineens aan het spelen. De prelude met de rustig voortwandelende linkerhand, en de rechter die hem omspeelt, die omhoog gaat en tegen het eind helemaal op hol slaat. Als ze begint hoort ze Egbert geërgerd inademen. Ze speelt door. Voorspelen betekent: nooit ophouden.

Na het slotakkoord is het stil. Wanda kijkt haar vader aan. Dan staan ze beiden op en lopen naar de bank. Frank ligt rustig te kijken, zijn ogen zijn open. Hij huilt niet.

Egbert knikt Wanda glimlachend toe. Met een licht hoofd gaat ze naar de piano terug. Ik heb Frank tot bedaren gebracht, papa is trots, het gaat goed, ik kán het! De tweede prelude is een triomfantelijk stuk, ze speelt het langzaam en plechtig, met véél toon.

Ik wil dat hij luistert, denkt Wanda. Dat hij de krant dichtvouwt, z'n ogen sluit en naar mij luistert. Dat hij denkt: wat speelt ze mooi. Wat is ze knap, en lief.

Heel zacht begint de derde prelude. De vingers raken de toetsen snel en licht als muizenvoetjes. Wanda zit gebogen over het klavier, zij kruipt in het lied. Ze laat het opflakkeren, hevig en snel, en weer doven, steeds denkend aan de man die daar onder de lamp zit, de man die moet luisteren en horen. De man die de krant leest.

9

Ze ging vroeger naar boven dan anders en sleepte zich de trap op naar de slaapkamer terwijl het nog niet eens helemaal donker was. De aannemer was verbaasd geweest over haar wens om boven in het huis een badkamer aan te leggen.

'U wilt toch niet op zolder slapen, als de kippen?'

Dat wilde ze, slapen naast een groot raam zonder gordijnen, een uitzicht naar rijen en rijen van bergen, tot in Spanje toe. Ze sloeg het raam open. Er waren geen muggen, er was geen wind, er was alleen zachte avondlucht met geuren van hooi en lavendel. Boven de bergen hingen nog flarden grijzig licht met roze strepen erdoor.

Beneden stond een zwarte vleugel.

Ze sliep onrustig en werd wakker bij het eerste licht. Ze strekte zich, een meter zeventig lang, schoenmaat 38. De eerste vragen iedere nieuwe dag: waar ben ik, wat doe ik hier? Achter de piano schuiven voor de eerste technische oefeningen is een antwoord waar de vraag in oplost. Maar nu? Ze was ergens onder in Frankrijk, haar gewrichten en handen deden pijn, ze was bijna zestig, ze had geen familie, geen man, geen kinderen.

Ze was in haar eigen huis, waar niemand haar lastig viel. Ze was ontkomen aan verplichtingen en wrijving.

Van te lang slapen worden mensen maar depressief, zei Bouw vroeger. Op haar ellebogen kwam ze overeind. Ze keek uit over het dal. Boven de verste bergketen moesten adelaars nestelen; er was een pad langs een bergrug, als je daar liep kon je ze zien zeilen op de wind. Ze vroeg zich af hoe adelaars klinken: krassend als kraaien, of komisch knorrend als de raaf? Ze zouden zwijgen, dacht ze, de adelaars.

Ze wachtte tot de dageraad voorbij was, dat gevaarlijke uur. Het tijdstip van het duel, van de executie, van de geboorte. Toen het licht stevig had postgevat, stond ze op.

Voor het raam van de keuken had Wanda een rolgordijn laten monteren. Haar huis lag op het hoogste punt van het dorp en erachter werd de heuveltop in beslag genomen door het uitgestrekte kerkhof en de kerk daar middenin. Vanuit haar keuken aan de achterzijde van het huis had ze volop zicht op de stenen zerken, versierd met kleurige plastic bloemstukken en ingelijste foto's van de doden.

Van tijd tot tijd kwamen de inwoners van het dorp in een zwarte rij naar boven geklauterd, de vrouwen met hoofddoeken, de mannen met de hoed in de hand. Ze liepen langzaam op hun zenige benen achter de kist aan. De hekken van het kerkhof waren wijd opengezet, de hoge, heldere klok beierde onophoudelijk.

Bij zulke gelegenheden was het prettig om het gordijn omlaag te trekken.

Ze lagen daar goed, dacht Wanda. Een voorname rustplaats onder een onverwoestbare steen in het brandpunt van zon, regen en sneeuwstorm.

Wanneer zou ze zelf meelopen met de stoet? Als Françoise van het hotel zou sterven, of Gérard van de garage. Zouden ze haar hier ook wegbrengen, letterlijk het hoekje om? Of zou ze zich laten vervoeren naar de Zuid-Hollandse polders?

Een afwasje. Veel was het niet: een enkel mes, bord, glas. De kopjes van de verhuizers. Ze maakte een sopje en hing haar handen en polsen in het warme water. Niet te geloven, dacht ze, niet te geloven. Haar hele leven had ze haar handen beschermd tegen alles. In september droeg ze al wanten, altijd had ze een paar keukenhandschoenen bij zich, nooit had ze in de tuin gewerkt, schoongemaakt of afgewassen met blote handen. Nu stak ze met genoegen haar armen in zeepsop. Als donkere inktvissen schemerden de vingers onder de schuimlaag. Traag hanteerde Wanda het vaatwerk, veegde het schoon en zette het te drogen. Ze bewoog de polsen, op-en-neer, heen-en-weer, roterend.

Elke dag beginnen met een dik halfuur techniek, ook als het niet gaat, als het lichaam nog sloom is van te veel drank, het hoofd traag van te veel gedachten. Bijna vijftig jaar lang iedere dag een andere toonsoort van de platgetreden kwintencirkel. Majeur- en mineurdagen, op toon, op snelheid, op aanslagmanieren; in gelijke, in tegenbeweging; in tertsen, sexten, octaven. Twee-tegen-drie, drie-tegen-vier. De akkoorden kort- en langgebroken, hoekig gebroken, in tegenbeweging, met ritmische variaties, met wisselende accenten. Octaafsprongen, blind en kijkend, met onderarm- en bovenarmrotatie. Een wonder, zoveel geluid met zo weinig moeite.

Een keuze uit de tweeënvijftig oefeningen van Brahms. De polsen leiden de handen bij de ingewikkelde akkoordbrekingen, laag als ze van het lichaam af bewegen, hoog naar het middelpunt toe, ze dansen tegen elkaar in voor het klavier. Altijd weer eindigen met de vingers, het eindpunt van de warmgelopen machine. De allereerste oefening van Hanon waarbij de hand wordt uitgespeeld en de duim steeds een toon hoger terechtkomt. Het allereenvoudigste. Alle spieren en spiertjes zijn op temperatuur, alle botten staan in de juiste hoek ten opzichte van elkaar, de ademhaling gaat diep en rustig, het lichaam is één met het instrument.

Een verslavende training, dacht Wanda. De handen raakten gespierd als wilde dieren, de aderen werden door de stevige handspieren omhoog geduwd en kronkelden zich over de handrug als een blauwe rivierdelta. Wie niet studeerde verried zich door de gladheid van zijn handruggen. Met één blik wist de leraar hoe laat het was. Ze glimlachte in zichzelf, hief haar handen uit het water en begon zorgvuldig de vingers af te drogen.

10

Stina is zo mager geworden dat de schortenbanden twee keer om haar middel gaan. Er is niet genoeg eten, daarom vindt Egbert dat ze weg moet.

'Ze heeft ouders die haar kunnen voeden, ze is daar welkom op hun boerderij. Wij kunnen het niet meer opbrengen, Emma.'

'Ze is gelukkig hier. Ze houdt van de kinderen. Ze is goudeerlijk. Ik heb haar nodig.'

'Ik wil geen enkel risico nemen. Weet jij aan wie ze vertelt dat ze bij Wiericke een zwakzinnige in huis hebben? Hoe goed bedoeld ook, het is een gevaar dat ik niet wens te riskeren.'

'Je bent te achterdochtig, Egbert. Stina zou nooit iets vertellen, aan niemand.'

'Toch is het beter dat ze gaat. Ik zal het met haar bespreken.'

Stina pakt haar koffer in. Haar neus is rood van het huilen. Ze veegt haar ogen droog met een punt van haar schort.

De afgelopen twee jaar heeft zij in het kleine kamertje geslapen dat eigenlijk Franks kamer is. Frank slaapt bij Wanda.

Nu zal Stina naar Ommen vertrekken.

'De boerderij ligt aan de rivier. Stegeren heet het daar. Er woont bijna niemand, het is heel stil.'

'Hebben ze dieren?' vraagt Wanda.

'Zat. Kippen, koeien, een varken. Je zou makkelijk meekunnen, eten genoeg. Elke dag eieren en melk. Je zou bij mij in de bovenkamer kunnen slapen. Zal ik het aan je ouders vragen, wil je mee?'

Wanda denkt na. Niet meer wakker worden in de zurige pislucht van Frank. Niet meer op haar tenen in het pikkedonker haar bed opzoeken uit angst dat hij wakker schrikt en begint te huilen. Nooit meer nietsvermoedend de kamer inkomen en zien hoe hij zijn bedje, de muur en zijn gezicht volgesmeerd heeft met poep. Ze bloost.

'Hebben ze een piano?'

'Nee. Wel een traporgel. Daar speelt moeder wel eens op. Met knoppen. Daar mag je wel op spelen.'

'Ze zullen het wel niet goedvinden. Ik moet toch bij papa en mama blijven.'

'Er zijn anders genoeg kinderen die het land op gaan als ze de kans krijgen. Van de winter krijg je spijt, als het koud wordt. Wij hebben een heel bos achter de deur, wij hebben altijd te stoken.'

Wanda zwijgt. Ze zit met de handen in haar schoot op Stina's bed, naast de koffer.

'Ik begrijp het wel,' zegt Stina, 'jij kán dat ook niet beslissen. En voor je moeder is het beter dat je blijft. Het is alleen – het is zo stil daar, ik zal je zo missen.'

Wanda knikt zodat de tranen op haar handen vallen.

'Je mag nooit aan iemand vertellen hoe het met je broertje is. En ik wil niet dat je kinderen van school mee naar huis neemt, begrepen?'

Egbert staat in zijn volle lengte bij de eettafel en kijkt op Wanda neer.

'Maar Eg,' zegt Emma, 'Frank is drie jaar! Een kind van drie mag toch gewoon thuis zijn, of hij nu ziek is of niet, daar heeft toch niemand iets mee te maken?'

'Juist! Niemand heeft ermee te maken en dat moet zo blijven. Iedereen kan een verrader zijn. Ik wil niet hebben dat je met hem naar buiten gaat en ik wil niet hebben dat er vreemde mensen hier binnenkomen en hem zien. Hij blijft hier, en hier moet hij volstrekt veilig zijn. Ik reken erop dat jullie daaraan meewerken. Nu is het laatste woord hierover gesproken.'

Nu Stina weg is moet Wanda meteen uit school naar huis komen om op Frank te passen als Emma boodschappen doet.

'Ga nou mee,' zegt Gonnie, 'je kan toch even meegaan om thee te drinken. Dan laat ik je zien hoe ver ik al ben met het borduurwerk.'

'Nee,' zegt Wanda. 'Een andere keer.'

Gonnie is groot en breed. Zij heeft een vierkant gezicht, omlijst door blonde haren en als zij loopt trilt de vloer. Zij is Wanda's beste vriendin. Bij Gonnie thuis zijn er zes kinderen, die allemaal groot van stuk zijn en met luide stemmen door elkaar heen praten. Gonnie wil later dokter worden en gaan werken bij het Rode Kruis.

'Ik trouw met de chauffeur van de ambulance. Dan zijn we altijd bij elkaar. En jij?'

'Ik word pianist,' zegt Wanda.

'Ga je niet trouwen?'

'Nee,' zegt Wanda.

Gonnies vader heeft een taxi. Hij wordt veertig jaar en Wanda is uitgenodigd.

'Mijn moeder maakt een taart van pannenkoeken, met stroop ertussen. Van mij krijgt hij het borduurwerk. Het is af.'

Gonnie is verslingerd aan kruissteekjes. Met haar grote handen borduurt ze figuren in allerlei kleuren wol op lapjes die haar moeder uit een aardappelzak geknipt heeft. De figuren heeft ze eerst op ruitjespapier getekend. Twee koeien in een groene wei, met hier en daar een geel kruisje als boterbloem ertussen. Het ziet er verschrikkelijk uit, vindt Wanda. Maar Gonnies vader is blij, hij trekt zijn dochter half op schoot en geeft haar een kus. Ze slaat haar arm om haar vaders schouders en leunt even met haar grote hoofd tegen hem aan, haar bleke ogen gesloten.

'M'n grote meid,' zegt Gonnies vader. 'Wat ben ik blij dat ik jou heb!'

Met een klap zet Gonnies moeder de schaal met pannenkoeken op tafel. Ineens is iedereen stil.

'Genoeg gevreeën,' zegt ze. 'Ga op je eigen stoel zitten, Gon, je bent te oud voor op schoot.'

Ze steekt het vervaarlijke keukenmes omhoog en laat het met een doffe smak dwars over de taart neerkomen, zodat de stroop aan de zijkanten naar buiten wordt geperst.

Als de taart op is gaat Wanda snel naar huis.

Frank zit in de box. Hij hoest. Het ritselt in zijn borst als hij adem-haalt en zijn gezicht is warm.

Dokter Tromp komt en schuift Franks hemdje omhoog. Hij legt de stethoscoop tegen Franks rug en luistert.

'Ik was er al bang voor. Longontsteking. Het zit weer helemaal vol daarbinnen.'

Misschien gaat hij wel dood, denkt Wanda. Dan is het oorlog en mijn broertje is dood. Ik krijg een zwarte jurk voor de begrafenis en iedereen komt mij een hand geven. Wat zielig, denken de men-sen, zo'n jong meisje helemaal zonder broer. Wat is ze flink.

'Waarom is Frank altijd ziek?'

'Weerstand. Weinig weerstand. Hij zou veel melk moeten heb-ben, en vitamines. Groente en sinaasappels, bananen. Dat is er allemaal niet. En hij is extra kwetsbaar omdat zijn mond altijd openstaat. Alle bacteriën kunnen zo naar binnen.'

Wanda kijkt naar haar broer. Zijn grote tong puilt naar buiten. Het gootje tussen neus en lippen zit vol snot. Hij zit rechtop en slaat met beide handen tegelijk op zijn benen.

'Ik zal zien wat ik thuis nog heb,' zegt dokter Tromp tegen Emma. 'Als u aan het begin van de avond even langskomt zal ik u de medicijnen aanreiken. Een drankje, denk ik, want pillen gaan er zo moeilijk in.'

'Frankie, Frankie,' fluistert Wanda. Ze zit op haar hurken voor de box en kijkt tussen de spijlen door. 'Wil je eruit? Zullen we spe-len?'

Ze probeert het kind op te tillen maar dat lukt niet. Dan stapt ze de box in, klemt haar armen om zijn middel en hijst hem op, over de rand heen. Met een bons komt hij op de vloer terecht. Hij valt met zijn hoofd tegen de bank en glijdt dan langzaam achterover. Wanda is bang dat hij gaat huilen, ze klimt uit de box en kruipt op haar knieën naar hem toe. Ze laat haar haren over zijn gezicht strijken.

'Frankie?'

'Bwaah,' zegt Frank. Dat betekent: Wanda. Ze pakt het zeil en de deken uit de box en legt die neer onder de vleugel. De deken is een beetje nat, net als Franks broek. Ze trekt Frank naar de piano toe, ze gaat op knieën en ellebogen naast hem liggen.

'Kruipen, Frankie, kruipen?'

Hij ligt op z'n zij op de deken en lacht. 'Bwaah! Bwaah!'

Wanda's benen zijn nu zo lang dat ze bij de pedalen kan. Dat komt goed uit, want de mazurka's en walsen van Chopin die ze speelt kunnen moeilijk zonder. Meneer De Leon wilde ze haar niet voorspelen.

'Het is beter als je zelf ontdekt hoe je het hebben wilt,' zei hij hoofdschuddend. 'Wie ben ik dat ik jou voordoe hoe je Chopin moet spelen? Experimenteer er maar eens een week mee. Laat het mij maar horen!'

Wanda vindt het in het begin vreemde muziek. Als je het netjes speelt, zoals de Bachinventies, kan je de krullerige melodie van de rechterhand haast niet gebonden krijgen en verliest het stuk zijn kracht. Iedere maat moet je opnieuw beginnen. Als ze haar rechtervoet erbij betrekt wordt alles ineens anders. Het pedaal houdt de bastonen vast zodat het stuk moeiteloos van maat tot maat verdergaat en de melodiekrullen murmelend in het geheel opgaan. Opgetogen speelt ze haar leraar voor. Hij lacht en pakt haar handen.

'Zie je wel! Laat die oren en handen van jou maar begaan. Daar kan je op vertrouwen.'

Als Wanda uitgespeeld is, slaapt Frank. Ze dekt hem toe en gaat in de keuken op Emma zitten wachten. De voordeur gaat open, Emma en Egbert komen tegelijk thuis. Ze praten druk tegen elkaar en komen de keuken binnen zonder hun jassen uit te doen. Emma heeft een flesje in haar hand met het drankje van dokter Tromp erin. Het heeft een vreemde, oranje kleur.

'Vaz Dias en Meijer, allebei! Opgepakt!' Egberts gezicht is bleek.

'Ik ga ontslag nemen. Als collega's van mij op die manier behandeld worden wil ik niets meer met de rechtbank van doen hebben. Ik had vorig jaar moeten gaan, toen ze ontslagen werden.

Zonder enige grond. Ik ben laf geweest. Nu is het genoeg. Ik kan er niet mee leven, Emma, ik kan het niet!'

Emma zit op een keukenstoel en staart naar het flesje op tafel.

'Kom nu even tot rust, Egbert. Denk er goed over na. Misschien kan je juist meer doen als je aanblijft, daar zijn toch ook voorbeelden van. Laten we er vanavond verder over praten.'

Wanda zit in een hoekje naast het aanrecht. 'Frank slaapt,' zegt ze tegen Emma. 'Ik heb voor hem gespeeld en hij is in slaap gevallen onder de piano.'

'Ik wil niet hebben dat je met hem rondzeult!' roept Egbert woedend. 'Straks laat je hem vallen en breekt hij zijn nek. Een kind hoort niet onder de piano te liggen, je moet ophouden met die onzin.' Wanda zwijgt, Emma staart. Vanuit de kamer begint Frank te krijsen.

Elke avond aardappelen, soms met wortels of bieten erbij, een enkele keer met een ei of een stukje vlees. Vaak maakt Emma er soep van, dan lijkt het meer. Wanda en Gonnie zoeken jonge paardebloemblaadjes, daar kan je sla van maken. Het smaakt bitter, eigenlijk is het niet te eten. Frank eet pap. Hij kan nu goed slikken en hij heeft altijd honger. Zelf eten kan hij niet, dan gooit hij alles op de grond.

Midden in de zomer staat er een man voor de deur met een groot pak onder zijn arm. Hij is gestuurd door Stina. Er zit een bleke, platte kaas in het pak, en een stuk gerookt spek, een worst en vijftien eieren, elk in een stukje krant gerold. Emma is sprakeloos. Ze nodigt de man binnen in de keuken en schenkt hem een glaasje van Egberts zuinig bewaarde jenever in. Het gaat goed met Stina, vertelt de man. Duitsers komen er niet in Stegeren, en ieder gaat er z'n eigen gang. Volgende maand is de slacht, daarna kan er weer gejaagd worden en wie niet te eten heeft vangt konijnen. Stina helpt haar moeder met de kaasmakerij en ze doet nog veel meer ook, zegt de man. Emma vraagt niet verder. Wanda is naar boven gegaan om een briefje voor Stina te schrijven.

'Lieve Stina, het is oorlog. Papa is altijd kwaad en mama altijd moe. Kom terug Stina, kom terug.'

Wanda verscheurt het papier en schrijft een ander briefje op een nieuw vel.

Frank haalt reutelend adem in zijn bedje en Wanda probeert zichzelf in slaap te krijgen met geheime gedachten. Zij komt het podium op in een grote zaal vol mensen, ze zitten zelfs op het balkon. Iedereen is er: Gonnie met haar ouders, papa en mama met Frank tussen hen in, dokter Tromp en Stina. Wanda buigt en gaat achter de meterslange vleugel zitten. In haar gedachten speelt zij, alles in het juiste tempo en met de herhalingen. Nog nooit hebben de mensen zoiets moois gehoord. Ze klappen en juichen en geven haar bloemen. Helemaal achter in de zaal staat een zwarte man tegen de deur geleund. Hij kijkt haar aan. Ze buigt. Overladen met boeketten stapt ze het toneel af en loopt op de man toe. Hij omvat haar met zijn armen en neemt haar mee. Voorgoed.

★

In het schoolgebouw is het zo koud dat de kinderen hun jassen mogen aanhouden. Wanda zit te schrijven met oude handschoenen van Emma aan. Ze heeft de vingers eraf geknipt zodat ze de pen kan vasthouden. In december gaat de school dicht omdat niemand meer kan opletten van de kou. Wanda vindt het niet erg. Nu kan ze de hele dag pianospelen. En Emma helpen met Frank.

Frank kan alleen maar met z'n handen op z'n dijen slaan, uren achter elkaar, tot zijn bovenbenen helemaal rood zijn. Emma legt een kussen op zijn schoot om zijn dijen te beschermen. Wanda geeft hem een houten lepel en zet een omgekeerde emmer tussen zijn beentjes. Frank schrikt van het geluid. Hij schreeuwt.

Wat hij het liefste doet is bonzen. Achteruit schuift hij op zijn billen naar de muur. Hij gooit zijn hoofd achterover tot hij de wand raakt en gaat dan door. Het dreunt door het hele huis.

'U zou met hem naar buiten moeten,' zegt de dokter. 'Lucht en licht, dat is goed voor hem. Neem hem mee in het wagentje als u boodschappen doet.'

Emma zucht en schudt haar hoofd.

De was is het ergste. Van oude tafelkleden heeft Emma luiers geknipt. Ze wast ze in de badkuip, met koud water en grijze zeep. De schone en de vieze luiers stinken even erg.

Met lakens zijn ze opgehouden. Frank slaapt op het zeil dat de hele matras bedekt. Onder zijn hoofd ligt een handdoekje.

Egbert heeft een stevige kinderstoel voor Frank getimmerd. Daarin zit hij aan tafel. Hij bonst met zijn hoofd tegen het kussen dat op de rugleuning gespijkerd is. Hij zit tegenover zijn vader. Wanda en Emma zitten ook tegenover elkaar, aan de andere zijden van de tafel. Ze voeren Frank om beurten. Wanda denkt aldoor aan de driestemmige fuga die zij studeert. Ze zegt niets; ze concentreert zich op de drie stemmen en let erop hoe die door elkaar lopen.

Als ze de deur naar de binnenplaats open wil doen, ziet Wanda dat zijn naambordje is weggehaald. De gaten van de schroeven zitten in de muur.

De kachel loeit en ze gaan er samen dicht bij zitten, met hun ruggen naar de twee vleugels. Wanda zucht en glimlacht naar meneer De Leon. Soldaten met laarzen tot hun knieën, een mongool die zijn hoofd stukbonst tegen de muur, een ketel met pislappen op de kachel. Het bestaat, maar niet hier.

Meneer De Leon heeft het pianoconcert van Haydn op schoot, het eerste echte concert dat Wanda gaat studeren. Hij laat haar zien hoe orkest en solist elkaar afwisselen, vrijlaten of de weg versperren. De solist, denkt Wanda, dat ben ik. Ze zegt nooit iets, op school noemen ze haar de stille. Ze zit wel in de klas maar ze hoort er niet bij. Ze woont wel bij papa en mama maar ze is anders. Ze heeft wel een broer maar ze wou dat hij er niet was. Ze is een solist.

Emma heeft een vest voor haar gebreid van uitgehaalde blauwe wol. Er zitten extra lange armen aan, met een spleetje om je duim door te steken.

Op les spelen ze plechtig het hele Haydnconcert. Meneer De Leon geeft haar twee boeken, een over Haydn en een over Mozart, met gele kaften. 'Voor Wanda,' schrijft hij erin, 'licht in donkere jaren.'

Frank moet leren staan. Egbert hijst hem omhoog en houdt hem vast. Franks knieën zijn niet stevig, ze knikken naar alle kanten. Hij valt. Egbert heeft een grote, rode bal voor Frank gekocht. Hij zet Frank rechtop met z'n rug tegen de bank en rolt de bal naar hem toe. Frank begint te huilen. Hij valt opzij en bonkt met zijn hoofd tegen de grond. Egbert gaat naast hem zitten en pakt zelf de bal. Hij neemt Franks hand en legt die er voorzichtig op. Dan rolt hij de bal tegen de muur, laat hem kaatsen en langzaam terugrollen. Hij pakt hem vóór de bal Frank raakt.

Je moet je schoenen uitdoen, denkt Wanda. Je moet die grote glimmende zwarte schoenen uitdoen als je op de grond zit want dat zit niet lekker. Je moet die stomme lange benen wegdoen. Je moet dat stomme kind van je schoot doen. Je moet die rotbal door het raam knallen.

Ze leest verder in haar gele boek. Bij het licht van een kaars schreef de kleine Haydn de muziek over die hij mooi vond, tot hij er pijn van in zijn ogen kreeg, en daarna.

Wanda staat op de binnenplaats en weet niet wat ze moet doen. De deur naar de muziekkamer is niet op slot, ze is binnen geweest bij de vleugels, bij de werktafel, bij de kachel. Hij was er niet. Er lag geen briefje. Ze wilde blijven wachten en misschien het nieuwe stuk van Debussy spelen waarbij de stemmen zo vreemd door elkaar lopen, als een droom, zo heet het ook. Ze durfde het klavier niet aan te raken. Het moest stil blijven. Nu staat ze tussen de lavendel en de laurier, en klemt de muziektas tegen zich aan.

Achter de muur klinken voetstappen, stampend, mannenstemmen, in het Duits.

Ze moet zich verstoppen, in de hoek achter de deur, of terug in de kamer, onder de vleugel. Haar benen doen niet wat ze denkt, ze blijven stokstijf staan. Haar mond is droog.

Dan is het weer stil. Ze doet de deur voorzichtig open en kijkt de straat in. Drie soldaten verdwijnen in de verte om de hoek. Wanda glipt naar buiten en rent naar huis.

Frank zit in de teil en Emma wast hem. Met zijn handen petst hij op het water, alles is natgespat. Om de hoek staat de emmer met poepluiers, maar Wanda ruikt het niet.

'Hij was weg. Hij was er niet. Er waren soldaten.' Ze trilt, het wordt zwart voor haar ogen.

'Ben je zo geschrokken, kind? Ga meteen zitten. Ik kan Frank niet loslaten, ik kom zo bij je.'

Emma tilt Frank uit de teil en rolt hem in een handdoek. Met het kind op schoot komt ze naast Wanda zitten, die ineens gierend huilt. Nog steeds heeft ze de muziektas stevig vast.

Na het eten gaat Wanda naar boven. Ze trilt nog steeds te zeer om achter de piano te zitten en ze kan niet goed denken. In de langzaam donker wordende kamer kijkt ze naar haar schoenen. Emma en Egbert maken ruzie in de keuken, het lijkt wel een fuga met twee stemmen die elkaar afwisselen maar door blijven brommen als de ander het thema heeft. Wanda doet haar schoenen uit, loopt naar de trap en gaat daar zitten.

'Levensgevaar!' zegt Emma. 'Je weet toch wat er met jouw collega's gebeurd is? Razzia's. Ze stormen de huizen binnen en zoeken overal. Je wéét het toch?'

'Hij heeft een adres. Daar was hij vanmiddag. Er is niets gebeurd. Je weet niet eens of die soldaten binnen zijn geweest.'

'Onzin. Dat vind ik nou laf, zoals jij de dingen op z'n beloop laat. We hebben een groot huis, Stina's kamer staat leeg. Een piano. Eén persoon meer aan tafel maakt toch niet uit.'

'Frank. We lopen in de gaten omdat we Frank hebben. Om hém wil ik niets riskeren.'

'Je liegt, Egbert, je liegt! Er is gevaar en we moeten helpen, zo eenvoudig is het!'

Stilte. Geschraap van stoelpoten over de vloer.

'Emma. Je kan me alles vragen, ik wil alles doen. Maar dit niet. Ik smeek het je: vraag me dit niet.'

De buitendeur slaat dicht en Emma's hakken roffelen over de straatstenen.

Als Wanda beneden komt ligt Egbert met zijn hoofd op de keuken-tafel. Ze blijft in de deur staan en kucht.

'Waar is mama?'

Egbert draait langzaam zijn hoofd om en kijkt Wanda met rode ogen aan.

'Weg.'

De vuile borden staan nog op tafel. Wanda neemt water uit de grote pan op de kachel en maakt een sopje in de afwasteil. Ze smeert een lik grijsgroene zeep in de zeepklopper en slaat en slaat en slaat in het water. Ik bonk zoals Frank, denkt ze, ik mep mijn vader de keuken uit. Weg. Weg. Weg. Het overgebleven eten doet ze in een pannetje met een deksel. In de buitenkast daarmee. Eerst de glazen in het water. Dan de messen en vorken. De borden. Ten slotte de pan. Alles een voor een afdrogen. Opruimen. De tafel vegen. Het aanrecht. De teil leeggooien. De poepemmer zet ze buiten, achter de keukendeur. Egbert is naar de kamer gegaan. Daar is geen licht. Wanda gaat naar bed. Zij wacht op het geluid van een sleutel in de deur.

De volgende ochtend heeft Emma haar fiets uit de schuur gehaald. Haar gezicht staat strak. Als ze je aankijkt, kijkt ze verder dan je ogen, denkt Wanda, ze kijkt naar iets wat ver weg is en waar ik vóór sta. Naar Egbert kijkt ze helemaal niet. Hij kijkt ook niet naar haar, hij helpt Frank bij het eten. Wanda kan niet eten. Haar keel zit dicht en in haar maag zit een steen.

Emma knoopt haar regenjas dicht en trekt een muts over haar haren. Met haar hand op de kruk van de keukendeur zegt ze: 'Ik ga naar Ida. Als alles goed gaat kom ik vanavond terug.'

Nu kijkt Egbert op.

'Dat haal je niet op de fiets. Dan is het donker als je terugkomt.'

'Dat is dan maar zo. Het is geen vakantie. Er is haast bij.'

'Hoe moet dat als je weg bent?'

'Dat los je zelf maar op. Ik ga.'

Wanda ziet haar moeder langs de Singel verdwijnen, rechtop zittend op de damesfiets. Over de bagagedrager hangen de slappe fietstassen waar Wanda haar benen in stopte toen ze klein was, toen ze achterop zat en haar moeders middel omklemde.

Egbert veegt de kinderstoel af. Hij heeft Frank in de box gezet. Het is meer een kooi, denkt Wanda, veel hoger dan een gewone kinderbox, en met beugels vastgezet in de planken van de vloer.

Haar broer zit in zijn kooi.

Ze pakt haar schooltas en trekt haar jas aan. Als hij het vraagt doe ik het, denkt ze. Als hij nu vraagt of ze bij hem wil blijven om samen voor Frank te zorgen zal ze haar jas weer uitdoen. Er komen zo vaak kinderen niet naar school, ze zijn ziek, ze zijn ineens verdwenen, er is iets gebeurd – ze kan best een dag thuisblijven. Als hij het vraagt.

Met stijve stappen loopt ze naar school. Het motregent een beetje maar er staat geen wind. Het is ver om naar Montfoort te fietsen. En weer terug. Is tante Ida wel thuis? Is de brug over de rivier stuk? Dan moet mama met een boot. Misschien pakken ze haar fiets af. Misschien komt ze nooit meer terug. Wat is er toch bij haar thuis, waarom is het zo?

Voet voor voet loopt Wanda langs de wilgen, strak voor zich uit kijkend. Ik weet het best, denkt ze, het komt door mij. Niet Frankie, niet de oorlog, niet Stina, niet papa. Ik. Het is mijn schuld.

★

Wanda speelt. Frank ligt al in bed. Egbert zit in de keuken, maar Wanda speelt driestemmige inventies van Bach. Heel langzaam, in een vast tempo, met uiterste oplettendheid haar vingers sturend. Als je Bach speelt, zei meneer De Leon, dan ruim je op van binnen, het wordt schoon in je hoofd. Elke dag moet je Bach spelen, je leven lang.

De keukendeur. Het is allang acht uur geweest en toch komt er nog iemand. Emma! Zonder muts en met natte schoenen. Ze draagt de fietstassen over haar arm en zet ze neer op het aanrecht.

'Weck. Snijbonen. Van Ida.'

Egbert helpt haar uit haar jas. Ze buigt zich om haar schoenen los te maken, zittend op een keukenstoel. Ze is zo moe dat haar hoofd op haar knieën blijft liggen. Egbert hurkt bij haar neer en wrijft haar voeten met een handdoek.

'Hoe was het? Vertel eens, Emma?'

'Goed. Alles is goed. Ik ben één keer aangehouden, op de terugweg. Het was zo ver. Ik ben op.'

Emma veegt de haarslierten uit haar gezicht en legt haar armen tussen de afgedroogde borden en schone schalen op tafel. Wanda staat in de deur. Ze had moeten opruimen. Vergeten. Zal ze alsnog de stapel borden in de kast zetten? Ze doet een stap de keuken in, ziet haar moeders gezicht en verstijft. Met borende, wilde ogen kijkt Emma naar haar dochter. Haar mond is vreemd vertrokken. Ze zuigt gierend lucht naar binnen, alsof ze wil gaan huilen, alsof ze in een afgrond valt. Dan verslapt ze plotseling en glijden haar handen van de tafel af. De stalen vleesschaal klettert op de plavuizen. Metaal tegen steen. De klank blijft even in de keuken hangen.

Emma gaat rechtop zitten en kijkt Egbert aan.

'Het is allemaal geregeld. Ida vond het goed. Ze hebben daar nog iemand.'

'Wat heb je verteld?'

'Ik heb verteld wat nodig was.'

Egbert zwijgt.

'Iemand zal hem overzetten. Ik heb een tijd en een wachtwoord. Hij moet morgenmiddag weg. Ik zal een briefje schrijven, dat kan Wanda wel meenemen in haar muziekboeken. Je hebt toch morgen weer les?' Wanda knikt. Om kwart over twaalf, wil ze zeggen, maar er komt geen geluid.

Emma staat op en pakt papier en een envelop van haar bureautje in de kamer. Wanda kijkt Egbert aan.

'Emma,' zegt hij, 'ga nu eerst even rusten. Die brief kan morgen wel. Je bent uitgeput.'

'Nee. Ik heb geen rust voor ik alles heb opgeschreven. Dan kan ik het vergeten. Hij moet de brief verbranden, Wanda, daar moet je op toezien, als hij hem gelezen heeft.'

Emma schrijft met scherpe halen, je hoort het potlood stoten tegen het tafelblad.

Hij gaat weg. Hij gaat naar Montfoort, bij tante Ida wonen. Zolang het oorlog is. Wanda ligt in bed. Ze bijt op haar laken om niet te hoeven huilen. Eigenlijk moet ze blij zijn. Hij is in veiligheid. Blij.

Ze ís niet blij. Ze wil niet zonder hem. Zonder les, zonder gesprekken bij de kachel. Als de oorlog nog heel lang duurt? Als hij altijd in Montfoort wil blijven? Morgen voor het laatst les!

Ze schudt haar hoofd wild heen en weer op het kussen. Ze lijkt Frank wel, denkt ze. Er is niets aan de hand. Meneer De Leon gaat een tijdje bij tante Ida wonen. Als ze het echt wil gaat ze daar ook naartoe. Op de fiets. Ze zal aan de achterdeur kloppen en binnenkomen. Ze zijn blij om haar te zien. Suze wil dat ze blijft. Ze zijn vriendinnen. Elke dag gaat ze spelen met meneer De Leon. Ze studeren om de beurt. Ze hoort hoe hij speelt. Ze krijgt les wanneer ze wil. Ze eten snijbonen en appelmoes en gebraden kippen. Het kan best, ze doet het gewoon. Het duurt misschien even, maar ze doet het.

De volgende ochtend pakt Wanda bij de piano haar tas in. Het zware boek met Beethovensonaten, de etudes, de mazurka's en de Bachinventies.

'Eigenlijk kan het niet. Een kind met zo'n brief over straat sturen. Als ze gepakt wordt gaan we er allemaal aan. Bij Ida ook. Een kind van tien zo'n verantwoordelijkheid geven! We zijn gewoon gek. Ik ga hem zelf brengen.'

'Dat lijkt me niet verstandig. Je komt daar nooit, dat kan argwaan wekken. Wanda hoort thuis in die buurt, ze komt er al jaren, twee of drie keer per week. Niemand vindt het vreemd om haar daar te zien. Het is gevaarlijk, dat ben ik met je eens, maar ze doet geen rare dingen, je kan haar zo'n opdracht toevertrouwen.'

'Toch ging ik liever zelf,' zegt Emma.

Met open tas komt Wanda de keuken in. Emma geeft haar de brief, in een bruine envelop. Er staat geen naam op. Wanda stopt hem in Bach, bij de driestemmige inventie nummer negen, in f-klein, de droevigste en de mooiste die zij kent. Dan klapt ze de tas dicht.

'Geef hem meteen,' zegt Emma. 'En als er iets vreemds is, zoals laatst, dan loop je gewoon rustig weer weg.'

Ze gaat haar leraar redden. Door haar komt hij in veiligheid. Ze redt hem.

De hele ochtend staat de tas tegen Wanda's benen onder de schoolbank. In de pauze blijft ze binnen om nog wat door te schrijven aan haar werk. Ze moet eigenlijk plassen, maar dat kan natuurlijk niet, met die tas.

Eindelijk gaat de bel. Op de gang zet ze de tas tussen haar voeten als ze haar jas aantrekt.

'Ga je mee?' vraagt Gonnie. 'Nee, je hebt les natuurlijk. Jij kan ook nooit!'

Wanda knikt en loopt het schoolplein over. Als nu maar niemand haar tegenhoudt. Als hij nu maar thuis is. Als alles maar goed gaat. Het gaat goed als niemand meer iets tegen haar zegt. Als ze niemand tegenkomt. Als ze de tas niet loslaat.

De weg van school naar les loopt door een lange, smalle straat met winkels. Halverwege is een flauwe bocht. Aan het eind loopt de straat uit op de brede weg waaraan meneer De Leon woont. Wanda loopt op de stoep, zij kijkt waar ze haar voeten zet en heeft de tas met beide armen tegen haar buik geklemd. Het is lente, de lucht is zacht en Wanda zweet. Ze schrikt als een legervrachtauto haar ineens tegemoet komt. De auto rijdt hard, veel te hard voor zo'n nauwe straat. Ze volgt de bocht en krijgt het einde van de straat in zicht. Daar staan mensen, het lijkt wel een opstopping. Er staan gehelmde soldaten. Wanda holt erheen. Ze dringt zich tussen de mensen door die bij de versperring staan, en kijkt. De weg is afgesloten voor gewoon verkeer. Er lopen tientallen soldaten met geweren, met stokken. Ze drijven een lange rij mensen voort in het midden van de straat. Jonge en oude mensen, mannen, vrouwen, kinderen. Sommigen hebben de gele ster op hun kleren. Allemaal dragen ze bagage, in koffers, in boodschappentassen, in kartonnen dozen. Over de stoep lopen groepjes soldaten die overal aanbellen. Ze wachten niet tot er iemand opendoet maar trappen de deuren stuk. Dan stormen ze schreeuwend naar binnen. Geen huis wordt overgeslagen.

De deur naar de binnenplaats van meneer De Leon staat wijd open. Er komt een soldaat uit die meneer De Leon aan zijn arm meetrekt, de stoet in. Erachter loopt nog een soldaat.

De mensen langs de kant zijn doodstil. Wanda kruipt onder de versperring door en staat op de weg. Zij voelt de haren in haar nek overeind staan. Een vrouw trekt haar aan haar mouw en ze struikelt, valt terug in de rij toeschouwers. Meneer De Leon heeft een koffertje in zijn hand. Hij heeft een zwarte hoed op en draagt een lange, donkere jas, zonder ster. Hij draait langzaam zijn hoofd en laat zijn ogen over de mensen gaan. Hij kijkt Wanda aan, hij kijkt door haar heen, hij kijkt over haar heen alsof hij niet weet wie ze is. Met zijn vrije hand tilt hij zijn hoed van zijn hoofd. Wanda ziet de kale plek in het zwarte haar. Hij tilt plechtig de hoed van zijn hoofd en zet hem weer op. Meneer De Leon voegt zich in de stoet en loopt met de anderen mee de straat uit.

DEEL II

11

Voorbij Fontainebleau besloot Bouw de snelweg te verlaten. Op de autoweg hoor je niet bij het land, je wordt erdoorheen gedreven als bloed door het lichaam, gevangen in een buizenstelsel. Vrijheid, had Johanna gezegd, en dat was wat Bouw wilde. Maar niet te veel. Hij kende de broze plekken in zijn denken en wist dat te lang alleen zijn niet goed voor hem was. Het grijze lint van de snelweg bood niet genoeg contact met huizen, waslijnen en winkelende mensen.

Ondanks de ergernis om stoplichten en moeilijk passeerbare vrachtauto's voelde hij een kalme opluchting toen hij de weg langs de rivier bereikt had. De fietsers en plezierboten deden hem aan de Amstel denken. Het gras groeide slordig op de oevers en in de verte stonden rijen populieren.

Nu moest hij hier niet willen blijven, dacht hij. Dan had hij thuis wel een rondje kunnen gaan fietsen. Hij had een plan, hij moest ergens heen. Het leek of het land aan hem trok. Hij wilde wel vooruit, maar het lukte niet echt.

Pouilly. Daar komt die wijn dus vandaan. Aan de overkant van de brede rivier lag Sancerre op een spitse heuvel, een eenzame borst in het landschap. Bij een benzinestation stapte Bouw uit en strekte zich. Tussen de weg en de oever was een park, het gras onder de bomen was verdord of verdwenen, er speelden kinderen op vieze gymschoenen en er zaten oude mensen met hun poedels op schoot. De rivier verspreidde een rioolgeur.

Terwijl de pomphouder de auto verzorgde liep Bouw een beetje rond en schudde het zweterige overhemd los van zijn rug. Boven het asfalt hing de lucht te trillen. Hij liep achter de garage om en zag dat in de gewelven onder de weg allerlei bedrijfjes gevestigd waren. Er lag hout opgestapeld, er was een reparatiewerkplaats voor bromfietsen en in de stenen boog die half onder de garage lag, bewaarde de pomphouder zijn wijnvoorraad in twee grote tonnen. Bouw ging er binnen, het rook er zuur en flauw-alcoholisch. Op de grond stonden kratten met lege flessen op de wijn te wachten. Langs de achterwand zag hij blikken met motorolie.

'U moet niet rijden op dit uur,' zei de garagehouder. 'U zou wel gek zijn. Lekker wat eten in de schaduw. U kunt de auto hier wel neerzetten, zo druk wordt het niet.'

Een teken, dacht Bouw. Iemand in dit land die zich in je verplaatst en iets aardigs zegt zonder bemoeizuchtig te zijn. Ik doe wat hij zegt. Hij ging die raad opvolgen. Hij ging twintig flessen van 's mans wijn kopen. Maar eerst proeven.

Van Clermont-Ferrand zag hij de roetzwarte torens alleen in de verte. Nu raakte hij steeds meer verlaten tussen de uitgebluste vulkanen, die met een groen vel bedekt leken. In dit maanlandschap was de wilde jongen van Aveyron groot geworden zonder ooit mensen te zien. Dat pleit voor de kracht en de plooibaarheid van het land, maar tegen de mensen. Toen hij hun in handen viel hebben ze niets van hem willen begrijpen; ze trachtten hem aan de regels te onderwerpen waar zij zelf zo wel bij voeren, en hij stierf. In de inleidingen tot talloze handboeken over zwakzinnigheid zal hij blijven voortleven, de kleine wilde jongen. Elke beleidsmaker in de gezondheidszorg moet over hem nadenken en een positie innemen op de schaal van volstrekte individuele vrijheid tot totale overgave aan de regels. Naast de zwakzinnige op de grond gaan liggen of tegenover hem gaan zitten aan een gedekte tafel en hem met mes en vork leren eten. In aanleg was hij natuurlijk niet zwakzinnig, die wilde, dacht Bouw, maar de gevoelige periode om rechtop te leren lopen was voorbijgegaan zonder dat hij een geliefd voorbeeld die kunst zag uithalen, en de tijd om de taal te leren horen en spreken was verstreken. Hij gromde, liep op handen en voeten en had vlijmscherpe witte tanden. Als de winter kwam herinnerde hij zich misschien de vorige winter, als het ijs smolt zal hij wel uitgelaten zijn geweest. Maar hij zal nooit gedacht hebben: ik kruip niet meer zo snel als vorig jaar. Hij had geen woorden om de voorbije en de komende jaren te ordenen. Hij is ook lang geen zestig geworden. Bouw wel. Hij was over de zestig en hij naderde Albi.

In Albi nam hij een hotel in de buurt van de kathedraal Sainte-Cécile. Hij liep door een koele oase van geordende baksteen, langs winkels met dure artikelen in hun uitstalkasten. Er wandelden kleine groepjes Amerikaanse en Japanse toeristen van het bisschoppelijk paleis naar de basiliek, maar het was niet druk.

Uit het raam van de badkamer kon hij de rivier zien, doorsneden door twee stenen bruggen. Johanna bellen? Liefje, ik zit in Albi, de avond valt en het wordt goddank koeler, zal ik straks water gaan drinken of toch maar wijn? Nee, deze broze plek overbrugde hij zelf wel. Hij was tot hiertoe doorgereden omdat het passend was Cecilia te bezoeken voor hij naar Wanda ging. Daar had Johanna niets mee te maken.

Eigenlijk was die basiliek van buiten stukken mooier dan van binnen. Uit de sobere zijgevel puilde het overdadig bewerkte entree-portiek als een darmprolaps naar buiten en gaf de bezoeker een voorproefje van het interieur. Niets te veel verteld: het duizelde je daarbinnen van de kleuren, de stijlen, de materialen en het gebrek aan leegte.

In de chaos zocht Bouw Cecilia, die zich verborg tussen stenen guirlandes. Ze torste een orgeltje en had haar ogen gesloten. Grote, stevige handen had ze, en dat was het enige wat hem aan Wanda deed denken. Hij slenterde verder over de zwart-wit geblokte vloer en keek naar de oudtestamentische beelden. Ellendige oude profeten met moedeloze koppen, niets om bij stil te staan. Kon je bij elke bestuursvergadering zien.

Dít niet: tussen de zandstenen zuilen stond een vrouw, die haar rode jurk met beide handen optilde om de punt van een stevige schoen te onthullen. Het was Judith. Haar mouwen en muts waren van goud. Ze hield haar hoofd een beetje scheef en haar gezicht toonde geen enkele uitdrukking. Ja, van concentratie misschien; ze had haar ogen tot spleetjes geknepen en leek door haar licht openvallende mond te ademen. Ze was op weg naar Holofernes, om hem te verleiden en te doden. Ze zag eruit als een pianiste die op moet om een Brahmsconcert te spelen.

12

Karnemelkse pap met donkere stroop, aardappelen met spek, verse worst bij snijbonen met witte boontjes. Dat noemt Stina blote-man-in-het-gras. Zwijgend zit Wanda bij Stina's ouders aan tafel. Eerst wordt er uit de bijbel gelezen en dan opgeschept. Wanda eet alles. Ze zegt niets, maar niemand vindt dat raar. Stina's ouders zeggen zelf ook niet veel. Praten is maar lastig, vinden ze. Het houdt op en je krijgt er licht onenigheid van. Het is ook nergens voor nodig want iedereen weet wat er gedaan moet worden.

'We gaan zwemmen,' zegt Stina. 'Je kan mijn oude zwempak aan als je wil. Of geen zwempak, niemand die ons ziet. Kom maar.'

De zon staat hoog en glinstert op het water. Tussen de weilanden slingert een paadje naar de oever. Zover je kan kijken is er weide met hier en daar een donkergroene groep bomen erlangs. Aan de overzijde van de rivier staat een mager paard. Met zijn gele tanden rukt hij plukken gras van de grond. Je kan het gras horen scheuren.

Wanda loopt achter Stina aan. Ze stapt uit haar klompen en uit haar jurk die eigenlijk een schort is. Stina kleedt zich helemaal uit. De grote bleke borsten hangen vrij neer als ze zich bukt om haar kleren neer te leggen. Wanda doet het ook maar. Ze vouwt haar hemd en broek op en legt ze op de jurk.

'Kom even lekker in de zon zitten, dat is goed voor je. Je knapt ervan op om bij ons te zijn!'

Wanda kijkt naar zichzelf. De blaren en wonden op haar voeten zijn genezen. De huid is nog een beetje strak, dat is alles. Haar armen zijn geen stokjes meer. Wel kan je de ribben nog goed zien, maar minder erg dan vóór de zomer.

'Ik ben zo blij dat ik je heb meegenomen, je was vel over been, en met die akelige wintervoeten! Je hebt je aan onze blote-man-in-het-gras rond gegeten!'

Nu liggen ze zelf bloot in het gras. Even later glijden ze het water in. Er is een lichte stroming, maar niet gevaarlijk. In de bocht van de rivier groeien waterlelies op lange slijmerige stengels uit de modderbodem omhoog. Het water is bruinig en ruikt naar ijzer en aarde. Wanda laat zich drijven op haar rug met de ogen dicht. Zij heeft even geen gedachten. Ze voelt het water door haar haren spoelen en de zon is warm op haar oogleden. Ze hoort Stina proestend ademen.

Het is nog heel vroeg als Stina's vader haar op het station in Ommen afzet. Ze krijgt een rugzak vol eten mee. In de trein denkt ze aan hoe het was, om het niet te vergeten. Aan de lakens van dikke stof. Aan de grote handen van de boer. Dat hij zei: 'Kom maar gauw weerom.' Aan de koeienstal waar het zo prikkelend rook en waar je soms een koe hard met de hoef tegen het hout hoorde slaan. De keuken waar de boerin alle etensresten in een bak gooide voor de varkens. Zoet en zout door elkaar. Hoe het gras rook. Het veld met de hoge jeneverbesstruiken als zwarte heksen in de avondschemer. De donkere sterrenhemel vanuit haar raam. De stilte.

Er is niemand om haar op te halen maar dat geeft niet, ze weet de weg. Met de rugzak en haar reistas loopt Wanda via de brede straat waar meneer De Leon woonde naar het huis van haar ouders. Zij kijkt naar de tegels onder haar voeten.

Emma doet open. 'Ben je daar al! We dachten dat je morgen zou komen. Wat fijn om je te zien!'
Uit Emma's kleren komt een zurige lucht en haar stem klinkt moe. In de gang is het heel donker als de buitendeur dichtgaat. Dit is thuis.

Nu beginnen de donkere maanden. Voor het eerst van haar leven werkt Wanda aan haar schooltaken. Iedere dag maakt zij sommen en spellingsoefeningen. Volgend jaar zal ze naar het gymnasium gaan en daarvoor moet ze een toelatingsexamen afleggen.
'Het hoeft niet, om pianist te worden,' had Wanda gezegd.

'Nee,' zei Egbert, 'maar ik wil dat je een goede opleiding krijgt. Je hebt er de hersens voor. Jíj wel. Dan moet je het dóen ook.'

Maar ze heeft ook de oren om in de muziek te gaan, denkt Wanda, moet ze dat dan niet óók doen? Of gaan hersens boven oren?

Het kan haar niet meer zoveel schelen. Gonnie gaat ook naar het gymnasium, op woensdagmiddag krijgen ze samen bijles van de meester zodat ze goed voorbereid zullen zijn. Wanda merkt dat ze het wel prettig vindt om heel hard aan de oplossing van een som te denken, ondertussen allerlei deelberekeningen te onthouden en ook nog te zorgen dat ze alles overzichtelijk opschrijft. Dan zit haar hele hoofd vol en is er geen ruimte over om aan muziek te denken.

Ze durft niet te spelen. Tijdens de laatste oorlogswinter kon ze het niet, het was te koud, haar handen gingen stuk en ze voelde zich slap. In Stegeren was er geen piano. Nu gaat het leven weer zijn gewone gang en staat de vleugel stil op haar te wachten.

Frank wordt bijna negen. Hij is zo groot dat Emma hem niet meer kan tillen. Het is een geweldige onderneming om hem 's avonds naar bed te brengen. Toen Egbert eens weg was en Emma het alleen deed, greep Frank zich vast aan de trapleuning en vielen ze beiden naar beneden. Wanda vloog op van haar sommen en zag haar moeder en haar broer op de grond liggen. Emma had haar enkel verstuikt en Frank bloedde uit zijn neus.

Meteen heeft Egbert een stevig bed getimmerd in de huiskamer, met een hoog hek eromheen waarin een deurtje zit. Nu is Frank altijd beneden.

Het lijkt wel een stal, denkt Wanda. Mijn broer woont in een stal, onze huiskamer is een beestenboel, zo ruikt het ook. Frank loeit als een koe. Hij smeert met zijn eigen poep. Hij wiegt heen en weer en bonkt met zijn hoofd tegen de stalmuur.

'U moet veel meer met hem doen,' zegt de dokter. 'Een vast programma, eten, naar buiten, liedjes zingen.'

Emma en dokter Tromp zitten aan tafel. Wanda staat op de

gang en kijkt door de half openstaande deur naar binnen. Thee-kopjes. Een papiertje met een recept. Emma's blote armen. De dokter legt zijn grote hand op Emma's handen en wrijft met zijn duim over de binnenkant van haar pols. Emma kijkt hem aan, lacht even en verstrakt dan weer. Ze knikt.

'Ik weet het. Ik ben te moe. Ik voer hem, ik verschoon hem. Mijn man brengt hem naar bed. Vroeger werd hij rustig van muziek. Nu zijn we allemaal uitgeput als hij eindelijk is omgevallen van de slaap.'

Ze ziet er opgeblazen uit, denkt Wanda. Alles aan haar is dof geworden: ogen, haren, huid. Dat Frankie zo druk is komt, denkt ze, omdat ze niet meer voor hem speelt. Het is haar schuld, maar papa zegt er niets van. Speel je niet meer? vroeg hij. Toen ze zei dat ze het te druk had met school, knikte hij.

Frank moet ook een soort toelatingsexamen doen. Hij gaat met Egbert en Emma in een taxi naar een groot landhuis vol mongolen. Dokter Tromp kwam erover praten en nu gaan ze kennismaken. Emma zit met Frank achterin en Wanda zwaait ze na.

Naar de piano. De klep opendoen. Gaan zitten. Wanda slikt. Ze aait voorzichtig over het smerig geworden ivoor en drukt de toetsen in zonder geluid te maken. De vrijgekomen snaren fluisteren.

De hele middag speelt ze: toonladders, drieklanken en vinger-oefeningen. Al na vijf minuten is ze diep gelukkig en dronken van het geluid.

Als ze opstaat zweemt het naar avond. Ze sluit het klavier en ziet haar muziektas eronder tegen de muur staan. Op haar hurken zit-tend maakt ze de tas open: Beethoven, Chopin, Bach. Met twee vingers opent ze de inventies, ze zoekt even tot ze f-klein gevonden heeft. De brief is weg.

Er komt nieuw behang en de schilders lopen in witte werkkleding door het huis. Alles wordt licht. Frank is toegelaten tot de inrich-ting en de kooi is afgebroken. Emma slaapt elke nacht acht uur, zij gaat naar de kapper en laat een nieuwe jurk maken bij de naaister. Egbert is in de weken rond Franks verhuizing nog stiller dan anders geweest maar komt nu vroeg thuis van de rechtbank om met de schilders te overleggen. 's Avonds eten ze met z'n drieën aan de keukentafel, waar een gestreken kleed op ligt. Gonnie komt op bezoek om huiswerk te maken, soms blijft ze eten en dan vertelt ze vrolijke verhalen waar iedereen om lacht. Zelfs Egbert glimlacht als Gonnie een theedoek als een tulband om haar grote hoofd drapeert en voordoet hoe koningin Wilhelmina militant zwaaiend op het balkon van het paleis stond op Koninginnedag. Gonnie was door haar vader meegenomen in de taxi, ze waren poffertjes gaan eten in een tent met spiegels en hadden nog nooit zoveel mensen bij elkaar gezien.

'Gaan jullie nog maar even buiten spelen nu het nog licht is,' zegt Egbert. Hij neemt de theedoek van Gonnie over en gaat Emma helpen met de afwas.

Wanda speelt dagelijks, zij doet twee uur technische oefeningen en stopt daarna.

'Je moet weer les hebben,' zegt Emma. 'Ga toch weer wat moois spelen, je doet alleen toonladders. Waarom neem je je oude stukken niet op?'

'Ik doe gymnastiek,' zegt Wanda. Ze kruist haar armen voor haar borst. De onderarmen tintelen en elke vinger heeft een harnasje van spieren gekregen. De beheersing is hersteld, het apparaat gehoorzaamt.

'Zal ik een leraar voor je zoeken?'

Wanda schudt nee. Eens op een dag loopt ze door zijn straat en is zijn naambordje er weer. Dan gaat ze naar binnen. Dan krijgt ze weer les.

Allemaal negens heeft Wanda voor haar examen gekregen omdat ze koel en zonder zenuwen de opgaven heeft bekeken en gemaakt. Gonnie, die nog wel meer weet dan zij, had natte handen en een rood hoofd. Dat werden zevens.

'Je krijgt een horloge van ons,' zegt Egbert. 'Zaterdag gaan we samen naar de stad om een mooi klokje voor je uit te zoeken.'

'Dat wil ik niet.' Wanda kijkt naar haar polsen. Alles wat daaromheen wordt gehangen staat haar vrijheid in de weg.

'Wáárom ben je toch,' begint Egbert, maar Emma legt haar hand op zijn arm zodat hij de rest van zijn woorden met een verbeten gezicht inslikt.

'Het is Wanda's examen, zij krijgt een cadeau waar ze blij mee is. Niet iedereen wil de tijd zo graag bij zich hebben. We verzinnen iets anders.'

Het hoort zo, vindt Egbert. Als je naar de middelbare school gaat krijg je een horloge. Waarom moet Wanda altijd alles anders doen, krijgt haar vriendin niet ook een klokje?

Wanda sluipt naar de kamer om haar toonladders te gaan spelen.

De volgende dag komt Egbert thuis met een langwerpig pak dat Wanda moet openen. Er zitten muziekboeken in: *Das wohltemperierte Klavier*, uitgegeven door Breitkopf en Härtel in Wiesbaden, twee delen. De tranen springen haar in de ogen. De boeken liggen op haar schoot, haar handen die alleen maar gymnastiek kunnen doen liggen erop.

Het mooiste wat ze hadden kunnen uitzoeken, het werk waar hij het altijd over had, dat je je hele leven blijft spelen als je pianist bent.

'Ben je er blij mee, kind?' vraagt Emma. Wanda knikt. Egbert kucht en gaat naar zijn werkkamer.

In bed leest Wanda in haar nieuwe boeken. Het is een uitgave waar alles bij staat: vingerzetting, boogjes, uitgeschreven versieringen, technisch en theoretisch commentaar in vier talen. Meneer De Leon zou dat maar niks vinden, want met al die voorschriften denk je zelf niet genoeg. Wanda wil niet denken, ze wil leren en dat gaat met deze boeken uitstekend. Dit boek is nu mijn leraar, denkt ze voor ze in slaap valt.

★

Wanda vindt het fijn op het gymnasium. Er is geen tijd om je te vervelen, na elk uur sta je op en loop je naar een ander lokaal om een ander vak te leren van een andere docent. De geschiedenisleraar is een jonge man met stijve, blonde krullen die als gebeeldhouwde golven op zijn schedel liggen. In een straf tempo is hij door de oudste historie gestoven tijdens het eerste leerjaar. Nu, in de tweede klas, doceert hij bevlogen over de democratie in Griekenland en de veroveringstochten van het Romeinse leger. Wanda luistert graag naar hem.

'Vandaag kunnen jullie je boeken dichtlaten,' zegt de leraar op een zonnige namiddag. 'We doen geen oude geschiedenis maar ik ga jullie vertellen over de oorlog, omdat we morgen de bevrijding vieren.'

Hij heeft een rood gezicht en zijn stem trilt een beetje. Hij blijft niet zoals anders achter zijn hoge tafeltje staan maar gaat zitten op de lege eerste bank, dicht bij de leerlingen. Boven zijn sokken ziet Wanda een stukje bloot been, wittig, met haren. Het is de eerste week in mei en Wanda is veertien jaar.

'Waar is je jas?' vraagt Emma.

'Wat is er met je? Voel je je niet goed?' Wanda weet niet hoe ze is thuisgekomen. Na de les is ze de school uit gerend, Gonnie liep haar nog na met haar tas maar ze was al de hoek om, de straat over. Ze holde tot het stak in haar zij, tot ze vooroverboog van de pijn en niet meer verder kon. Ze heeft bij de sloot gezeten, ze heeft haar oogkassen tegen haar knieën geduwd en heeft duizend keer *nee* gezegd.

Emma duwt haar op een stoel bij de keukentafel. Ze zet een glas water voor haar neer.

'Je had het moeten zeggen.'

Wanda kijkt haar moeder niet aan. Ze heeft haar armen over elkaar geslagen en spreekt tussen haar van woede opeengeklemde kaken door.

'Jullie wisten het. Wat er met de joden... Wat de Duitsers met de joden... Wat ze deden in het kamp. Je had het moeten zeggen.'

Emma gaat naast haar kind zitten en legt een arm om haar heen. Maar Wanda maakt een afwerende beweging met haar schouders, ze strekt zich en kijkt Emma aan: 'Hij komt dus nooit meer terug! Hij is vermoord. Dood!'

Emma knikt. Ze is bleek geworden. Zo zitten ze bij elkaar aan tafel. Geen van beiden staat op en geen van beiden kan iets zeggen.

Na een lange tijd fluistert Emma: 'Ik kón het niet vertellen. Ik wilde het niet weten. Ik wou dat het niet waar was. Het is onze schuld. Wij hadden hem eerder moeten laten onderduiken. Eén dag eerder. Eén dag.'

Wat is er gebeurd?' vraagt Wanda. 'Weet je dat, ben je het gaan vragen?'

'Ja. Op transport naar Auschwitz. Omgekomen, denken ze. Daar. Ze zeiden niet hoe.'

Hoe kan ze slapen? Hoe kan ze het licht uitdoen en in bed gaan liggen? Zodra ze ligt beginnen rijen mensen in donkere kleren te lopen en soldaten te schreeuwen. Ze is misselijk, er is iets in haar maag wat eruit wil en ze hangt kokhalzend boven de wasbak. De bevrijdende golf komt niet, ook de tranen blijven weg. Wanda laat koud water over haar gezicht lopen, in haar mond, door haar keel. Misschien heeft hij zich uit de trein laten vallen. Misschien is hij in het kamp niet meteen... hij moest misschien werken daar, en is ontsnapt door hoge maïsvelden, naar het bos. Maar de rij mensen loopt door, met strakke gezichten. Als het niet vlug genoeg gaat slaan de soldaten hen in de rug.

Ze wil zijn zoals Frankie. Ze wil bonken en bonken en haar hoofd zo'n pijn doen dat ze niets meer hoeft te zien en niets kan begrijpen.

Maar zij is Wanda. Meneer De Leon is met zijn zwarte hoed op weggelopen en hij komt nooit meer terug. Hij is de trein in geranseld en er in Polen weer uit geslagen, hij is voortgeduwd tussen honderden mensen naar een gebouw waar... Wanda klemt haar armen om haar hoofd en denkt aan de inventie in f, zij dénkt alle stemmen, heel hard, zij denkt aan welke vinger ze voor welke toon moet gebruiken, zij mag zich niet vergissen, zij moet precies weten waar de arm de vingers leidt en waar de polsen gehoorzaam moeten volgen, zij moet zo hevig opletten dat er niets anders meer bestaat dan dit lied.

Na de geschiedenisles blijft Wanda in het lokaal hangen. Ze frutselt wat aan haar tas terwijl de leraar het schoolbord schoonveegt. De lucht raakt vol krijt. Wanda hoest.

'Wil je iets vragen?' De leraar draait zich naar haar om. Hij houdt de bordenwisser omhoog alsof hij zo weer door wil gaan met zijn werk.

'Ja,' zegt Wanda. 'Over vorige week. Is het zo gegaan, is het altijd zo gegaan? Of zijn er mensen ontkomen, konden ze vluchten? Daar zei u niets over. Ik wil het graag weten.'

De leraar legt de wisser op tafel en zucht.

'Ik heb me een beetje mee laten slepen door de omstandigheden. Vijf mei. Ik liet me gaan. Ik had jullie niet op die manier al die vreselijke dingen moeten vertellen. De rector heeft me erover aangesproken. Je bent ervan geschrokken?'

'Kon er iemand vluchten?' vraagt Wanda weer. Ze kijkt langs hem heen naar het besmeurde bord en wacht.

'Sommigen zijn ondergedoken, dat weet je vast wel. En er waren inderdaad vluchtwegen. Mensen voeren in vissersbootjes naar Engeland, voor veel geld. Of ze ontkwamen naar Frankrijk en werden vandaar naar Zwitserland gebracht, of over de Pyreneeën naar Spanje. Lopend! Zelfs als mensen al opgepakt waren gebeurde er wel eens een wonder: ik ken iemand die, toen hij in een colonne naar het station gevoerd werd, in een bocht van de straat rechtdoor liep, zo de rij toeschouwers in. De mensen sloten zich weer vast aaneen en de man was verdwenen. Is er iemand die je zoekt, heb je iemand verloren?'

Wanda knikt.

'En uit de trein?' vraagt ze.

'Dat denk ik niet. Dat is haast niet mogelijk.'

De leraar wil nog veel meer zeggen. Hij is gaan zitten en kijkt Wanda strak aan.

'Dank u wel,' zegt ze, 'tot morgen.'

Op een warme julidag gaat de bel en staat er een vrouw voor de deur met een vaag bekend gezicht. Zij heeft stijf gepermanente krulletjes en draagt haar lichte regenjas helemaal dichtgeknoopt.

'Wat is er van uw dienst?' vraagt Wanda. 'Komt u voor mijn moeder?'

Emma loopt al op de open deur toe. 'Mevrouw Kooi,' zegt ze, 'wat brengt u hier? Komt u toch binnen.'

'Nee, ja, het zit zo,' zegt de vrouw. Zij houdt met beide handen een grote tas voor haar buik. 'Het gaat om meneer, die naast mij woonde, weet u. Waar uw dochter op les kwam.'

Wanda wordt licht in haar hoofd. Kan het zijn dat hij deze vrouw iets heeft laten weten? Een brief? Een levensteken?

Als ze eenmaal met z'n drieën om de theepot zitten kan ze zich niet meer beheersen.

'Heeft u bericht van hem ontvangen? Iets gehoord, gekregen?'

'Nee kind, daarom juist. Hij komt niet terug. Er zijn zoveel mensen gegaan. We hebben wat spullen bewaard maar dat gaat niet meer. We moeten verhuizen. Ik kan het allemaal niet meenemen. Muziek is het, koffers vol boeken. Loodzwaar.'

Uit de antwoorden op Emma's vragen wordt duidelijk dat er van meneer De Leons bezittingen niets meer over is. Het huis is geplunderd en er woont alweer lang een nieuw gezin in. De muziekboeken heeft hij zelf in koffers gepakt en bij zijn buurvrouw gebracht.

'Voor de juffrouw,' zegt mevrouw Kooi, terwijl ze schuin naar Wanda kijkt.

'Hij zei dat als hij ooit verdwijnt de juffrouw zijn muziek mag hebben. Misschien dat u het kan komen halen want wij hebben er geen plaats meer voor.'

Twee volle koffers. Wanda zit op haar knieën op de vloer naast de vleugel en snuift de oud-papierlucht op. Emma heeft geholpen om planken in de boekenkast leeg te maken. Daar kan de muziek liggen. Wanda maakt stapeltjes: etudes, pianoconcerten, klassiek, romantiek, impressionisme, modern. Aparte stapels voor Bach, voor Beethoven, Schubert, Brahms. Eén stapel vierhandig.

Zij bladert elk boek van begin tot eind door en bekijkt iedere bladzijde, alsof ze een boodschap zou kunnen vinden tussen de vingerzettingen en de aandachtstrepen, alsof haar vroegere leraar haar een brief in geheimtaal heeft gestuurd.

★

In haar nieuwe beha staat Wanda voor de badkamerspiegel. Ze vouwt haar armen onder haar borsten en duwt ze omhoog. Ze draait zich om en kijkt over haar naakte schouder naar de vrouw in de spiegel. Langzaam laat ze de bandjes van haar schouders zakken. Ze draait zich naar haar spiegelbeeld toe, met half gesloten ogen. De beha glijdt naar beneden en ze ziet de donkerroze tepels tevoorschijn komen. Met haar duimen wrijft ze er voorzichtig overheen, tot ze hard en stevig worden en schuin omhoog staan. Ze slikt. Ze borstelt haar dikke zwarte haar. De jurk van grijsblauwe geribbelde zijde zit als gegoten, Emma heeft hem door de naaister laten maken. Wanda kreeg er zwarte schoenen bij. Met een hakje.

Met de knieën tegen elkaar vanwege de strakke rok fietst ze naar Gonnie, die al met Sjoerd zit te wachten. Sjoerd is Gonnies vriend. Ze zoenen in het fietsenhok als hij haar 's avonds thuisbrengt na de film. Het is het lekkerste wat ze kent, zegt Gonnie. Je wordt helemaal week in je buik en je wil niets anders meer. Wanda begrijpt dat wel, ze kent dat gevoel maar kan zich Gonnie en haar vriend niet goed vrijend voorstellen.

Peter is aardig. Hij is Gonnies oudste broer, Wanda kent hem al jaren.

'Hij is altijd verliefd op je geweest. Nodig hem uit voor het schoolfeest, dan gaan we samen!'

'Goed,' had Wanda gezegd. Eigenlijk had ze nee willen zeggen, of niet? Waarom kan ze niet zijn zoals zij, waarom krijgt ze zo'n akelig gevoel van binnen als Peter zo hondachtig naar haar kijkt, waarom voelt ze zich zo opgelaten als hij om haar heen draait? Omdat hij aardig is. En zij niet. Ze doet of ze zijn arm over haar stoel niet opmerkt. Ze schuift bij hem vandaan als hij dichtbij komt. Bij het dansen drukt ze zich tegen hem aan; later op straat zoent ze hem omdat het donker is en omdat ze de zijden jurk tegen haar buik voelt schuiven. Als hij morgen komt vragen of ze mee naar de bioscoop gaat zal ze weer nee zeggen, en dan loopt hij verdrietig de straat uit. Nee, ze is niet aardig. Ze denkt alleen aan zichzelf. Ze vindt alles vreselijk.

'Moet je niet werken voor school?' vraagt Egbert. 'Je zit altijd maar te spelen. Het is een veeleisende opleiding hoor, het gymnasium. Voor je het weet ben je achter.'

Hóórt hij het niet eens, denkt ze, hoort hij niet dat ze uit zijn Bach speelt, het boek dat hij haar gegeven heeft? Nee, dat hoort hij niet. Hij hoort weggegooid schoolgeld, slechte cijfers en zitten-blijven. Wanda kijkt wel uit. Ze let in de klas zo goed op dat ze thuis niet veel hoeft te doen en urenlang in de muziekboeken van meneer De Leon kan grasduinen.

'Ik heb een lerares voor je gevonden,' zegt Emma. 'Ze komt net uit Amerika. Haar man werkt hier in het orkest. Een heel goede pia-niste. Woensdagmiddag om drie uur. Je moet iets meenemen om voor te spelen, een etude en iets van Bach.'

Mevrouw Heidelberg woont op de bovenste etage van een grach-tenhuis. Het is een doolhof van gangen en trappen, openstaande en dichte deuren waar Wanda doorheen struikelt, begeleid door een ongeduldige stem die met korte intervallen 'upstairs, upstairs!' roept.

In een zee van licht staat een dikke vrouw, gekleed in afhangen-de lappen. Haar rechterarm steunt op een bruine vleugel waarvan de klep openstaat. Op de handrug en zelfs op de vingerkootjes zitten bolle kussentjes van vlees, als bij een baby.

Wanda is even verblind door de zon die door de wijde ra-men valt. Zij ruikt sigarettenrook en hoort de rauwe, raspende stem.

'So. Je bent groot. Heb je de vloek al?'

Wanda schrikt. Wat bedoelt ze? Wat weet ze? Onwillekeurig denkt ze aan Frank, ben je vervloekt als je zo'n broertje hebt? Of een andere vervloeking, een die te maken heeft met de oorlog, met ontrouw en nalatigheid? Dat ik de mensen die om mij gaven zo-maar weg heb laten gaan – dat kan zij niet weten, daar moet zij zich niet mee bemoeien!

Mevrouw Heidelberg gebaart met twee handen in de richting van haar schoot: 'The curse, menstruation!'

O! Wanda knikt.

Mevrouw Heidelberg zegt dat ze geen tijd heeft om les te geven, ze is concertpianiste, ze moet studeren.

'Maar jouw moeder is mijn vriend van vroeger. So sit down and play.'

Wanda zet haar tas neer en doet haar jas uit. Er is nergens een plaats om hem op te hangen dus legt ze hem maar op de grond. Geverfde planken. Onder de vleugel ligt een kleed. Ze probeert de pianokruk en draait hem iets lager. Mevrouw Heidelberg haalt haar neus op en gaat ver weg in een hoek zitten, naast een asbak op een pilaar.

Wanda laat haar armen slap langs haar lichaam vallen en voelt met haar voeten naar de zwaarte van de pedalen. Haast onmerkbaar beweegt haar bovenlichaam in het tempo van de etude die ze gaat spelen. Achter in het boek met de veel te moeilijke Chopinetudes vond ze een korte die er speelbaar uitzag. Het is een ritmische oefening, de melodie heeft triolen tegen steeds vier achtste noten in de begeleiding; het is ook een verstild klaaglijk lied waar Wanda meteen van hiel.

Ze speelt. Voorzichtig. In het begin houdt ze het linkerpedaal ingedrukt. Ze verzorgt haar frases, ze is nauwkeurig met de akkoordbindingen en haar ritme is perfect. Met de handen in haar schoot en gebogen hoofd wacht ze op het commentaar van de vrouw in de hoek.

'You play like shit. Glad, aangepast, gezónd. Like shit.'

Mevrouw Heidelberg is opgestaan en stort een waterval van half Engelse, half Nederlandse zinnen over Wanda uit. Het is moeilijk om ernaar te luisteren als iemand net 'like shit' tegen je heeft gezegd. Maar de oprechte opwinding van de vrouw dwingt Wanda haar hoofd op te tillen en haar aan te kijken.

'Je voelt iets, wat? Dit is jouw kans! What's going on inside your head? Show me! Het heeft geen zin om netjes piano te spelen. Meaningless!'

Nu buigt Wanda zich naar het klavier, naar haar ivoren vrienden. Ze kruipt in de etude, een fluisterend begin, de melodie schemert door een waas van vervloeiende akkoorden. Sterker en sterker klinkt het lied, het wordt een verbitterde aanklacht die Wanda er onverbiddelijk uit ramt, het tempo gevaarlijk tegenhoudend op het hoogtepunt. Dan het afsterven, de teleurstelling, ten slotte de weerspannige berusting.

Wanda is duizelig. Vanuit de hoek zegt mevrouw Heidelberg zachtjes: 'Now I see what you mean. Bring me the other one next week.'

Elke week, op zaterdagmiddag, gaan Egbert en Emma op bezoek bij Frank. In het begin is Wanda een keer meegegaan, ze herinnert zich stank en benauwde lucht, ze weet nog dat er een park was waar oude ouders met hun gebrekkige kinderen rondliepen. Op de terugweg braakte ze in de auto. Sindsdien zegt ze nee als Emma haar vraagt of ze mee wil.

'Het is geen kwestie van willen,' zegt Egbert. 'Je gaat gewoon mee. Dat ben je aan je broer verplicht.'

Ongeduldig staat hij in de gang, jas aan, autosleutels in de hand.

'Ik kan niet. Ik heb een afspraak.'

'Wat ga je dan doen?' vraagt Emma.

'Trio spelen.'

'Spelen, spelen,' briest Egbert, 'jij doet niets anders dan spelen. Dat moet afgelopen zijn, je hebt verantwoordelijkheden en dat kan je niet blijven vergeten! Je bent bijna achttien!'

Vergeten, denkt Wanda. Daar zong Emma vroeger een liedje over: 'Glücklich ist, wer vergisst, was doch nicht zu ändern ist,' een walsmelodie, licht en lieflijk. Ze glimlacht.

'Haal die grijns van je gezicht! En doe je jas aan. We gaan!'

'Toe, Egbert, dwing haar nou niet. Dat heeft toch geen zin.' Emma opent de voordeur en trekt haar man mee. Wanda ziet ze gaan: twee oude mensen. Egbert is magerder geworden de laatste tijd. Je ziet de beenderen van zijn hoofd tegen de huid aan liggen. Zijn wangen zijn ingevallen. Met driftige stappen loopt hij om de auto heen om Emma's portier te ontsluiten.

Ze doet het niet meer, besluit Wanda. Ze doet niet meer wat hij zegt. Ze wil hier weg. Je moet zo vroeg mogelijk beginnen, zei Joyce. Zij is al derdejaars en studeert viool bij meneer Heidelberg. Toen de pianist van haar trio ermee ophield heeft mevrouw Heidelberg Wanda naar voren geschoven.

'Dat kan jij best. Ga maar studeren.'

Ze studeert tot ze scheel ziet. De kamermuziek is een openbaring, een prachtig spel van nu eens volgen en dan weer de leiding nemen waarvan Wanda meteen denkt: dit is wat ik wil. Joyce helpt haar bij het analyseren van de partituren en zegt: 'Je moet toelating doen. Laat die school toch zitten, daar heb je niets aan.'

Lucas, de cellist, heeft wel zijn eindexamen gedaan. Hij mengt zich niet in de discussie. Hij zegt nooit iets. Hij heeft zijn lange lichaam om zijn cello gevouwen en strijkt paarsgewijs de snaren aan met een starende blik in zijn ogen. Zijn ogen. Wanda kan ze niet vangen, alleen als hij haar vragend aankijkt om een a te krijgen waarop hij stemmen kan. Tijdens het repeteren moet ze naar zijn strijkstok kijken als ze samen een inzet hebben, niet naar zijn gezicht. Zijn gezicht met de brede, gewelfde mond en de scherpe neus. Zijn gezicht, waar zijn haar overheen valt tot hij het met een bruuske beweging weer naar achteren werpt. Na de repetitie pakt hij zijn instrument in, steekt zijn hand op als groet en verdwijnt.

Joyce heeft een aanmeldingsformulier voor haar meegenomen. De examens zijn al over een maand, maar de stukken die ze moet spelen liggen op een niveau waar Wanda al voorbij is. Zij bedenkt een programma en vult de vragenlijst in. Bij minderjarige leerlingen is een handtekening van de ouders vereist. Aan tafel kijkt Wanda van de een naar de ander terwijl ze een goed moment afwacht om te zeggen: ik doe niet meer mee. Ik ga over naar de zesde klas maar ik haak af. Jullie houden mij niet vast. Ik ga.

Egbert eet weinig. Hij snijdt het vlees in heel kleine stukjes waar hij eindeloos op kauwt, alsof hij niet slikken wil.

Ze stelt zich voor dat hij van woede zal stikken als ze het zegt. Ze kan Emma er niet voor laten opdraaien, dat zij het weer goed moet praten, dat ze weer voor haar opkomt. Dan kijkt ze zo verwijtend, het kan gewoon niet. Ze moet het zelf doen.

De handtekening van Egbert lukt prachtig. Wanda heeft hem overgenomen van haar vorige schoolrapport en plaatst hem na wat oefenen trefzeker onder het aanmeldingsformulier. Mevrouw Heidelberg heeft zonder protest getekend, met een klein glimlachje. 'Oké. Jij doet wat jij moet doen!'

Op de dag van het examen gaat Wanda niet naar school maar naar het station.

In de stationshal van Den Haag hangt een plattegrond. Welke tram? Hoeveel haltes? Rustig kijken, ze heeft ruim de tijd. Ademen, schouders naar beneden, met kalme stappen naar buiten. Als de tram niet komt? Heeft ze geld genoeg voor een taxi? Vast niet. Ze ziet ook helemaal geen taxi's hier. Ze moet plassen. Daar komt de tram, gelukkig.

Zitten, tas op schoot. Warme zon door het raam. Kleverige handen. Wat duurt het lang voor de tram vertrekt. Een bel.

IJzeren wielen knarsen op ijzeren rails.

Was het zeven haltes of negen? Stom, stom, stom dat ze het niet meer weet. En hoeveel keer is de tram al gestopt? Was dat een halte of alleen maar een stoplicht? De bloes prikt tegen haar rug, het zweet breekt haar uit. Ze zal te laat komen, veel te laat. Ze zal blijven aarzelen of ze al uit moet stappen tot de tram stilstaat bij de eindhalte aan het Scheveningse strand.

Ze loopt naar de bestuurder, ze slingert zich van stang naar stang en valt bijna om in een bocht.

'Waar is dat?' vraagt de man als Wanda het conservatorium noemt.

'Beestenmarkt,' fluistert Wanda. Heel nodig moet ze nu. En ook heeft ze een droge keel, wat zou ze graag water drinken, veel water! Bij de gedachte aan stromend water kan ze haar plas bijna niet ophouden. Wat een lange rit. Is de bestuurder haar halte niet vergeten?

'Koningssingel! Uitstappen voor de Beestenmarkt!'

Met twee voeten op de vluchtheuvel. Gelukt! Nu goed opletten bij het oversteken. Daar rechts moet het zijn.

Gewoon een eindje teruglopen en dan zie je het vanzelf. Een pleintje met een groot wit gebouw. De voordeur staat open. Ernaast een bord: *Conservatorium voor muziek.*

Er zit niemand in het glazen hok waar *portier* op staat. Wanda loopt eraan voorbij en gaat een lange gang in. Gebarsten platen bleekwit marmer op de vloer. Een hoge deur met een houten bordje erop geschroefd: *Toiletten.* Ze plast. Heerlijk. Wat een opluchting. Haar hoofd met twee handen ondersteunend en de ellebogen op de knieën, luistert ze naar muziekflarden die uit alle richtingen komen. Door het raampje, het plafond, de buizen. Trombones, contrabassen, een piano ver weg.

Wanda zucht diep en gaat haar handen wassen, langdurig, met koud water. Ze droogt ze zorgvuldig af aan de binnenkant van haar rok, ze streelt elke vinger en wrijft over haar polsen, haar bondgenoten.

De portier is teruggekomen.

'Ze zijn uitgelopen, ze lopen altijd uit!' zegt hij. 'Ga nog maar lekker een kopje thee drinken in de kantine. Als je over een half uur naar boven gaat ben je dik op tijd.'

De kantine is een hoge zaal. In de hoek staat een ouderwetse kachel. Wanda neemt thee met veel suiker en gaat op een bank zitten tegen de muur. Overal zitten muziekstudenten rond de tafeltjes te eten en te kletsen. Bij de kachel zit een oudere man met een enorme partituur voor zich hard te praten en in de lucht te gebaren. Hij is omringd door een stuk of vijf jongens die stil naar hem luisteren.

Ineens ziet Wanda Lucas binnenkomen met een meisje met blond krullend haar en een vioolkist in haar armen. Ze lopen naar de balie, druk converserend, hun hoofden dicht bij elkaar.

Kijk naar me, denkt Wanda, kijk!

'Hoi,' zegt Lucas. 'Wat doe jij hier?'

'Toelating. Zo meteen.'

'Wat ga je spelen?'

'Beethoven. *Sturm.*'

'Mooi zo. Dat kan je goed. Succes!'

Wanda loopt de krakende houten trap op en gaat op de bank bij de pianokamer zitten wachten. Kandidaten die al gespeeld hebben staan te fluisteren met hun ouders of hun leraren. Wanda kijkt niemand aan en hoort niets. Zij denkt aan Beethoven. Dan zwaait de deur open en staat er een gedrongen man in de gang die haar vaag bekend voorkomt. Biermans! De pianist!

'Wanda Wiericke!' roept hij luid.

Ze staat op, glimlacht tegen hem en loopt langzaam de kamer in. Hij sluit de deur achter haar.

13

Een goede auto. Wanda was blij dat ze een goede auto had. Het rijden door de absurd nauwe straatjes met hun scherpe bochten en hoogteverschillen eiste behalve stuurmanskunst vooral degelijk materiaal. De woningen lagen hier pal aan de straat en je kon als je niet oplette zomaar een huis binnenscheuren en een hond of een ezel omver rijden.

Midden op de dag en de zon op z'n heetst. Het stuur brandde in haar handen. Haar voeten in de oudedamessandalen bedienden de pedalen met vertrouwd gemak. Drie maal per week daalde ze van haar fris doorwaaide bergtop af naar het dal waar de rivier en de weg naast elkaar naar het stadje slingerden, langs weilanden, fabrieksterreinen en kampeerplaatsen. Het was niet alleen een overgang van hoog naar laag, maar ook van stilstaande tijd naar fors voortstromende uren, en van tevreden ledigheid naar actie.

Vreemd dat ze al zo lang niets deed en dat wel aangenaam vond. Altijd druk geweest met rondreizen, plannen, koffers inpakken, studeren. Uitgestelde rust, zou dat bestaan? Alsof ze alle vakanties en weekeinden inhaalde die ze gemist had. Zomaar op een stoel zitten, zoals gisteravond. Kijken naar de wolken en de zon, een langzame film. Overdag een boodschap doen, met de bezem door de gang vegen, met voldoening de schone lakens opvouwen. Een wandeling over vertrouwde paden. Een uurtje lezen in de flora, op zoek naar bloemen die ze kende. Naar een Mozartsymfonie luisteren, antiverstijvingsoefeningen doen, een brief schrijven.

Vreemd dat ze het niet miste, de gesprekken, de drukte, de ontmoetingen. Ze vond het wel best zo. Het leven was overzichtelijk geworden.

Ze parkeerde de auto op het centrale plein en bleef even zitten kijken naar de lome bedrijvigheid om haar heen. Een meloenverkoper zat te suffen in zijn kraam, een paar toeristen zochten ansichtkaarten uit bij het krantenstalletje. Een zwartgeklede vrouw schoof met een volle boodschappentas langs de huizen, in de schaduw.

Ze stapte uit, sloot de auto af en voelde de hete zon op haar hoofd en armen. Overal ruiste water: drie rivieren kwamen hier bij elkaar. Bovendien zat de grond vol zwavelhoudend, tot het kookpunt opgewarmd bronwater dat al sinds mensenheugenis op de gekste plaatsen in de stad naar buiten spoot. Het water had de stad beroemd gemaakt en gaf haar een grote voorsprong in de concurrentiestrijd met andere badplaatsen. Méér bronnen, hogere temperaturen, heilzamer mineralen.

Wanda was ervoor gevallen. Op een koude herfstdag had ze door het dal gereden tot aan de parkeerplaats waar ze nu stond. Aan het eind van het plein had een vreemde wolk van damp of mist gehangen; nieuwsgierig was ze eropaf geslenterd. In de grond was een enorm vierkant bassin gemetseld met drie doorlopende traptreden eromheen. Op de onderste trede zaten mensen die hun broekspijpen of rokken omhooggevouwen hadden en hun schoenen naast zich hadden neergezet. Ze hielden hun voeten in het water en keken rustig voor zich uit. Sommigen voerden op zachte toon een gesprekje, zwegen dan weer. Zonder na te denken was Wanda op de bovenste tree gaan zitten, had haar schoenen en kousen uitgedaan en was naar beneden gezakt. Het hete water beet in haar kuiten, ze trok haar benen weer op en probeerde het opnieuw, nu langzaam aan. De voeten vonden steun op de gladde stenen bodem. Uit twee hoeken van het bassin stroomde vers water binnen; in de andere hoekpunten waren roosters gemaakt waardoor het water weg kon lopen. Het verschil tussen haar koude wangen en hete voeten was op een merkwaardige manier aangenaam. Het water stonk ongelooflijk, boven de helende bron hing een penetrante walm van zwavel en rioolgassen. Ze liet haar ogen traag over de gebouwen naast het voetbad gaan. Een middeleeuws ziekenhuis, omgebouwd tot revalidatie-instituut achter de oude gevels. Er reden of strompelden patiënten door de poort. Ze schoven looprek of krukken terzijde en lieten hun benen in het hete water zakken. Een stevige verpleegster kwam naar buiten met een handdoek over haar arm om iemand er weer uit te helpen. In de muur van de kerk op het plein was een nis gehouwen rondom een fontein. Proestend en sissend spatte een dikke straal stomend water in een bekken. Soms kwam er iemand langs, vulde een emmertje en verdween dan weer in de motregen.

Wanda stroopte haar handschoenen af en stak haar handen naast haar knieën in het water, de pijnlijke duimgewrichten, de licht opgezette polsen. Een oud heertje aan de overkant knikte haar glimlachend toe.

Na een half uur was ze als herboren opgestaan, ze was nog bijna uitgegleden op de glibberige steen maar kon zich snel weer in evenwicht brengen. Ze was onmiddellijk een makelaar gaan zoeken.

Ze was vaste klant in het statige grijze badhuis aan de rand van de stad, een bouwwerk uit het begin van de vorige eeuw, neergezet in een schaduwrijk park met hoge, exotische bomen en een nooit gebruikte muziektent. Na haar badafspraak liep ze er graag wat rond, ze kwam er nooit iemand tegen en kon er in alle rust de salpeterdampen laten uitwasemen in de altijd koele lucht. Het hele complex lag ingeklemd tussen de steil oprijzende rotswand en de rivier.

De voorgevel was in verval geraakt: verroeste scharnieren langs de luiken en bladderende verf op het houtwerk. Achter de imposante voordeur was alles nieuw. Er stonden glazen linnenkasten vol handdoeken en badjassen van wafelstof; gepolijste marmeren zitbanken staken uit de muren en langs alle wandelgangen waren verchroomde stalen leuningen aangebracht. De personeelsleden, zelfs de dokters die hun ziel aan dit huis verkocht hadden, waren gekleed in zachtblauw, de patiënten in het wit. Aan de balie zat een dikke vrouw van een jaar of zestig stiekem een sigaret te roken. Ze blafte twee toeristen af die zich uit nieuwsgierigheid naar binnen gewerkt hadden, maar verwelkomde Wanda hartelijk.

'Pfff! Er staat op de deur: volgens afspraak. Alleen op medische indicatie. Wat denken ze wel. Eén bad, één bad! Alsof dat iets uithaalt! Alstublieft mevrouw, handdoek, badjas, en mag ik uw kaart even?'

Ze drukte zorgvuldig een stempel op de kaart, legde de spullen op de toonbank en gaf Wanda een hand.

Al die gesprekken met mensen, in haar knullige Frans, waren eigenlijk niets voor haar, ze had het altijd gehaat en ontlopen. Nu vond ze het eigenlijk wel aardig. Wanda in een thermaal bad! Zich uitleveren aan die auguren in hun lichtblauwe jassen, zich onderwerpen aan hun waterkuren waarvan ze wist dat het kwakzalverij en leuterpraat moest zijn. Niets voor haar – en kijk nou eens!

Ze kleedde zich uit in de kleine cabine en sloeg de badjas om zich heen. Op plastic slippers begon ze aan de schuifeltocht door het etablissement waar haar medepatiënten eveneens mee doende waren.

Oude mensen, mannen met verrassend dunne benen onder een omvangrijke buik, vrouwen bij wie de schedelhuid door het natte haar schemerde, mensen met gezwollen voeten, reumatische handen, gekromde wervelkolommen, stijve nekken, pijn, pijn, pijn. Ze wandelden in ontspannen tempo van het dokterskantoortje naar de stortbaden en de masseuse. Ze maakten een praatje, informeerden hoe het er vandaag voorstond, hoe de nacht geweest was, wat de plannen voor zondag waren. Over alles heen hing een akoestische deken van gesis, geklots en geruis. En de lucht van zwavel.

Uiteindelijk belandde ze in de badkamer, alleen. Het bad stond boordevol versgetapt zwavelwater, in beweging gebracht door een luchtaandrijvingssysteem. Ze klom erin en liet zich achterover zakken. Waterstromen beukten tegen haar billen, rug en dijen. De temperatuur was precies goed. Je zou in slaap kunnen vallen, de geluiden mengden zich tot een aangenaam geheel, rustgevend, geruststellend, helend. De geluiden vroegen er niet meer om herleid te worden tot hun elementen, je kon ze tot je nemen in hun samenhang, je kon je laten drijven in die vulkanische stinksoep uit het binnenste van de aarde en je oren vol laten lopen met dat dikke geruis.

Vluchtig dacht ze aan de ellende van het analyseren; hoe ze in het begin van haar beroepsopleiding geschrokken was omdat ze geen muziekstuk meer kon horen zonder te letten op de vorm, te wachten op de terugkeer van het thema, te horen wanneer er gemoduleerd werd en waarheen. Wat haar ontroerd had was oefenstof geworden. Ze hield niet echt meer van muziek, had ze gedacht, ze kon het niet meer voelen, alleen nog begrijpen.

De liefde was teruggekomen. In de loop van het derde of vierde studiejaar kon ze weer luisteren en bewogen raken. En nu, decennia later, kon ze Haydn, Mozart en Schubert weer horen. Voor haar plezier. Geen Brahms, nauwelijks Bach, geen kamermuziek en vooral geen pianowerken maar symfonieën voor strijkorkest met een paar blazers.

Ze glimlachte. Het is een babygevoel om zo in het bewegende warme water te liggen, in de stank, in het diffuse lawaai. Geen enkel gewricht doet nog pijn, geen beweging kost moeite. Je zou hier kunnen blijven tot de huid in grijzige lappen van je botten losweekte, je zou je vol vertrouwen laten afkalven en door de afvoer laten spoelen.

Daarom hebben ze hier strenge meisjes in dienst, dacht Wanda, naakt in het water. Meisjes met zwart haar, opgemaakte gezichtjes en schelle stemmen. Ze komen abrupt binnen, laten de deur tegen de muur knallen zodat het slot rinkelt, ze rukken de stop uit het bad, zetten de bubbelmachine uit en schreeuwen dat het tijd is.

14

De cellokist staat als een donkere wachter naast de deur. Wanda kan niet meer slapen, ze ligt op haar zij haar kamer in te kijken. Er is maar één ordelijke plek: de kast met muziek. De erfenis van meneer De Leon ligt in een systeem van stapels op uitvoering te wachten. Muziek moet liggen, anders verzakt de rug. Voor de kast staan glazen op de grond, een half lege wijnfles, een volle asbak. Midden in de kamer ziet ze op de slordig geverfde planken haar zwarte speeljurk liggen, half schuilgaand onder een broek en een verkreukeld overhemd. Over de bureaustoel hangt een rokkostuum. Naast haar ligt Lucas Lansingh. Zwart haar, een naakte schouder, een welving onder de deken. Wanda durft niet te bewegen uit angst dat hij wakker wordt. Ze ligt op de rand van de matras, een arm en een been op de vloer. Ze ademt voorzichtig.

Gisteravond Brahms. Op de drukbezochte voorspeelavond was het cello-pianoduo als laatste programmapunt gepland. 'We gaan niet in de zaal zitten,' had Lucas gezegd. 'Ik wil niet naar al die rotzooi luisteren. Kom, we gaan een beetje inspelen op kamer veertien, boven.'

Terwijl hij uitpakte en zijn instrument schoonwreef, deed Wanda haar oefeningen en een toonladder in octaven, in e-klein. Ze speelden een stukje van elk deel, voor het tempo. Ze spraken over de opstelling. 'Naar mij toe,' had ze gezegd, 'niet naar de zaal. Op z'n minst half naar mij toe. Ik moet je zien.'

Wanda houdt met een onbegrepen hartstocht van deze sonate. Zelfs van het laatste deel, de fuga met de meedogenloze opeenhoping van triolen. De manier waarop Lucas speelt, hoe hun stemmen zich vervlechten, om elkaar heen draaien, soms als in een dans, soms als in een steekspel – dat alles is haar lief. Als ze nadenkt over het trio van het middendeel voelt ze haar keel zwellen van tederheid, van onzegbare, teleurgestelde hoop. Ze denkt dat hij het ook zo voelt; zijn mond vertrekt bij het spelen, hij ziet eruit als een ongenaakbare, diepgekwetste held.

Het publiek had gejuicht. Na afloop hadden ze wijn gedronken in de kantine. Toen Lucas aanstalten maakte om weg te gaan had Wanda ook haar jas aangetrokken. Ze liepen naast elkaar over de natte straat. Ze was duizelig van de drank en het succes, en ze hield haar warme gezicht omhoog naar de regendruppels. Hij had zijn vrije arm om haar schouders geslagen. Waarom? Haar gedachten snelden haar opgewonden vooruit: een puinhoop op haar kamer, vieze lakens, het bed niet opgemaakt.

Later hadden ze hangend op de matras nog gore rode wijn gedronken. Toen had hij zijn lange, gespierde cellohanden om haar gezicht gelegd. Hij had haar aandachtig gekust. Zij had zich als een klein kind laten kussen. Door haar hoofd raasden flarden van vragen: is hij dan verliefd op me, waarom doet hij dit, hoe moet het verder? Ze hadden gevreeën bij het licht van een kaars. Hij was met gesloten ogen in haar gekomen en had gekreund in haar hals. Ze had geschreeuwd en daarna gehuild. Waarom? Erna wilde hij naar huis gaan maar hij viel onverhoeds in slaap.

Er komt licht onder het gordijn vandaan. Ze moet opstaan, ze stinkt, er loopt vocht langs de binnenkant van haar dijen. Aan het eind van de gang, tegenover de keuken, is de badkamer. Wanda zet de douche op z'n hardst, op z'n heetst. Als ze terugkomt is Lucas verdwenen.

Ze gaat op de grond zitten om na te denken. Alleen naar bed gaan met iemand als je heel veel van hem houdt. Oppassen dat je niet zwanger wordt. Ze bloost bij de gedachte aan haar onvoorzichtigheid. Je zo mee laten slepen, gevaarlijk is dat, niet meer doen. Maar hij dan, hij kan toch ook opletten? Ze hebben gevreeën zoals ze spelen. Met overgave en totale inzet. En daarna weer naar huis of naar school, alsof er niets gebeurd is. Wil ze dan met Lucas? Ze is alleen maar bang om iets te doen wat hij niet goed vindt. Ze kan hem niets zeggen. Ze durft hem niets te vragen.

Het is een ander soort ongemakkelijkheid dan met Peter, die

soms bij haar komt eten en haar met zijn vriendelijke gezicht langdurig aanstaart. Wanda is een paar keer met hem naar bed geweest,
uit medelijden, omdat ze niet meer wist wat ze moest zeggen, omdat ze geen raad wist met zijn trouwe aanhankelijkheid. Tijdens de
daad had ze het gevoel of ze naast het bed naar zichzelf stond te
kijken. Erna ontliep ze hem en wees ze zijn uitnodigingen af.

De laatste keer had hij gezegd dat ze het niet meer moesten
doen, het was niet goed, ze wist toch niet wat ze wilde, ze moesten
elkaar maar liever niet meer zien. Hij had bedroefd gekeken maar
Wanda was opgelucht.

Ze kijkt naar de kleine piano naast de muziekkast. Studeren zou
nu niet gaan. Ze is zo vol, vol van iets wat er in woorden uit zou
moeten komen, niet in de ongrijpbare taal van de muziek. Woorden, maar welke? Ze heeft er altijd een vermoeide minachting voor
gehad. Nu zou ze maar wat graag voluit willen praten.

Wanda belt aan bij Joyce. Eigenlijk kan je niet op bezoek gaan bij
muziekstudenten want ze moeten altijd studeren. Nood breekt wet
op deze winderige ochtend. Joyce zegt het wel als het niet goed
uitkomt. Ik moet bij iemand zijn, het gaat zo niet. Joyce heeft de
viool in de kist gelegd en gaat koffie zetten. Onder haar kin heeft ze
een rode, pijnlijke plek, waar ze over wrijft.

'Ben je al bekomen van gisteren? Schitterend gespeeld! Jullie
passen heel goed bij elkaar, een hecht duo.'

'Hij is gebleven.' Wanda laat zich slap in de enige stoel vallen.

'Hier is je koffie,' zegt Joyce. 'Ik zet het op de grond. Je zou niet
verliefd moeten worden op Lucas. Hij kan niet tegen afspraken en
hij kan niet tegen gezelschap. Ik ken hem al zo lang. Hij is een echte
dirigent, eigenlijk. Je moet je niet aan hem binden, je gaat eraan
onderdoor.'

Joyce doet dit jaar eindexamen. Zij is vijfentwintig jaar en weet
alles. Ze heeft ook een verloofde, die bij een krant werkt. Ze begrijpt het niet en Wanda kan het niet uitleggen. Wanda heeft zo'n
verlangen, zo'n mateloze honger, maar naar wat dan? Ze kan beter
niet rekenen op anderen. Ze moet gewoon studeren.

In het weekend kan ze op school niet terecht en houdt ze het op haar kamer niet uit. Ze stapt op de trein om haar ouders te bezoeken. Egbert heeft zich snel bij Wanda's beroepskeuze neergelegd toen hij merkte dat de weigering om eindexamen te doen haar ernst was. Hij betaalt haar een maandelijkse toelage en heeft haar de studiepiano gegeven. Wanda merkte met verbazing dat ze zijn snelle capitulatie niet prettig vond. Had hij tegen haar in moeten gaan, had ze willen vechten? Hij vindt opleiding toch zo belangrijk, waarom dwingt hij haar dan niet om rechten te gaan studeren? Het lijkt of het hem ineens niets meer kan schelen. Het laat hem koud wat ze doet.

Ze schudt de gedachten van zich af. Onzin. Hij kan toch niet zó onverschillig zijn. Hij heeft misschien begrepen dat het zo moet. Biermans heeft toch met hem gesproken na het toelatingsexamen. Misschien hebben ze toen wel onenigheid gehad en heeft Biermans gewonnen. Het kind is geboren om piano te spelen, meneer Wiericke. Dat denkt u, meneer Biermans, maar ik ben verantwoordelijk en ik laat haar niet gaan. Maar u bent het aan de kunst verplicht. O, goed dan.

Wanda grinnikt. Zo zal het niet gegaan zijn, Egbert maakt geen ruzie met docenten aan eerbiedwaardige instellingen. Hij heeft Emma het woord laten doen en zich neergelegd bij de genomen beslissing.

Het klopt niet in huis. Er is iets veranderd, maar hoe ze ook om zich heen kijkt, Wanda ziet geen verschil met vroeger. Dezelfde meubels, hetzelfde behang, vertrouwde voorwerpen. Toch. Misschien ligt het aan haar. Ze kijkt niet meer hetzelfde. Emma vraagt naar haar studie. Als Wanda vertelt over de lessen, de koorklas en de voorspeelavond ziet ze dat haar moeder afwezig naar haar handen zit te staren. Ze ziet er moe uit en heeft een oud vest aan. Wanda durft niet te vragen wat er is.

Het eten is klaar en Egbert komt zijn studeerkamer uit. Wanda loopt hem tegemoet. Er staat een divan in de studeerkamer, ziet ze door de openstaande deur. Dat is nieuw. Ze geeft Egbert een kus.

Hij ruikt vreemd. Ze eten met z'n drieën in de keuken. Egbert is weer magerder geworden, er zijn plooien in zijn nek gevallen en zijn overhemdboord is veel te wijd.

Wanda vraagt zich af waarom ze hier is. Omdat ze verliefd is. Omdat ze alleen is. Omdat ze in de war is. Omdat ze voor haar moeten zorgen. Maar daar staat hun hoofd niet naar.

'Wat is er aan de hand met jullie?'

'Je vader is ziek,' zegt Emma. 'Er is iets met zijn keel niet in orde. Hij kan haast niet eten.'

'Kan je wel naar je werk?' vraagt Wanda aan Egbert.

'Alleen voor administratieve dingen,' fluistert hij. 'Ik ben gauw moe. Ik kan niet zo goed praten.'

Wanda voelt de neiging om ook te gaan fluisteren en dwingt zichzelf om gewoon te spreken. Ze schraapt haar keel.

'Weten jullie wat het voor ziekte is?'

Egbert en Emma kijken elkaar aan.

'Nee,' zegt Emma. 'Dokter Tromp heeft ons naar een specialist verwezen, daar gaan we volgende week naar toe.'

Na het eten gaat Egbert liggen. Emma en Wanda horen hem hoesten in zijn kamer.

'Is het al lang zo?' vraagt Wanda.

'Hij is niet graag ziek, je vader. Hij deed heel lang of er niets aan de hand was. Maar nu heeft hij moeite met spreken, nu merken mensen het en zeggen er wat van. Dat hij naar de dokter moet. Wou hij eerst niet.'

'Maar hij praat niet. Hij éét niet!'

'Daarom gaat hij nu ook.'

Wanda bedenkt dat het beter is niets te zeggen. Als ze zegt dat ze zich verloren voelt zonder Lucas, is het dan zo? Toen Joyce zei dat hij onbetrouwbaar was werd hij dat ook echt. Ze is nu verliefd omdat ze dat woord gedacht heeft. Ze wil eigenlijk alleen nog maar studeren en spelen, alle woorden ongedacht en ongezegd maken.

Egbert ondergaat in het ziekenhuis een behandeling en zijn klachten nemen af. Hij eet beter en zijn stem heeft wat meer toon gekregen. Over de aard van de ziekte en van de remedie wordt niet gesproken. Wanda vraagt er ook niet naar. Zij studeert. Zij begeleidt Lucas op zijn cello-eindexamen en spreekt niet over wat er tussen hen is voorgevallen, denkt niet dat ze zijn instrument wel in elkaar zou willen trappen en zelf tussen zijn knieën zou willen gaan zitten, denkt helemaal niet, behalve aan Beethoven opus 69, A-groot.

Na het examen stort Lucas zich op de directieopleiding. Hij loopt rond met een tas vol orkestpartituren. Als Wanda een willekeurige plaat opzet kan hij na twee minuten zeggen welke dirigent er voor het orkest staat.

'Ik snap het niet,' zegt Wanda. 'Dat je niet zelf wil spelen. Je eigen geluid maken, dat is toch het mooiste?'

'Nee, dat is ballast,' zegt Lucas. 'Een heel orkest in je hoofd hebben en dan zo bewegen dat ze gaan doen wat jíj hoort. Dat is het mooiste.'

Hij oefent voor de spiegel. Iedere vrijdagochtend staat hij voor het conservatoriumorkest. In het Mozartjaar gaat hij het feestprogramma dirigeren, Wanda is de solist. Hij staat naast de vleugel als zij speelt en slaat in de lucht. Ze hebben het over tempo's en dynamiek, net als vroeger.

'Zonde dat die jongen gaat dirigeren,' vindt Biermans. 'Een uitstekende cellist. Zoals jullie indertijd die Brahmssonate speelden, dat was klasse.'

'Maar hij is goed,' protesteert Wanda.

'Kind, luister naar je leraar: dirigeren heeft één groot voordeel – het maakt geen geluid. Dat zal jij moeten doen.'

Op de dag van het concert is Wanda nerveus. Dat voelt niet onaangenaam. De zenuwen geven spanning en doelgerichtheid aan de dag. Het vooruitdenken gaat niet verder dan het slotakkoord. Daarna is er zwarte stilte.

Zij bereidt zich op het optreden voor als was het een afspraak met een minnaar die ze lang niet gezien heeft. Langdurig onder de douche. Nagels knippen. Ondergoed uitzoeken dat perfect zit en

goed bij elkaar past. Lichte make-up, alleen wat mascara en oog-
schaduw, want ze zal zweten en over haar gezicht vegen. Een prettig besef van haar lichaam, de hele dag. Niet te veel eten. Flink
poepen. 's Morgens anderhalf uur stevig studeren, daarna zeer
spaarzaam van tijd tot tijd wat techniek. Rustig op een stoel de hele
partituur doorlezen. De muziek is van meneer De Leon, zijn naam
staat op het afbrokkelende papier van het omslag. Hoewel ze het
concert van begin tot eind uit haar hoofd kent neemt ze het boek
mee als ze aan het eind van de middag naar het conservatorium
gaat, bij de appel en de jurk en de zakdoek in de tas.

De grote zaal is versierd met donkerrode draperieën waaraan hier
en daar portretten van Mozart zijn bevestigd. Op het podium oefent Lucas met het orkest de symfonie die voor de pauze gespeeld
zal worden. Hij heeft een oud, geruit hemd aan. Hij laat de blazers
akkoorden spelen en geeft aanwijzingen voor de intonatie. Vóór
de strijkers rumoerig worden, beëindigt hij de repetitie. Hij draait
zich om en ziet Wanda in het gangpad staan. Oog in oog.

De moeilijkste episode is de tijd voor de pauze. Wanda moet zich
concentreren op haar soloconcert terwijl op het podium de symfonie gespeeld wordt. Het rommelhok achter het toneel is de
kleedkamer. Er staan enorme contrabassen, een harp, kapotte
pauken en dozen met orkestmateriaal. Ze heeft drie keer een plas
gedaan, ze heeft haar zwarte jurk aangetrokken en haar handen
gewassen. Nu loopt ze rondjes door het hok terwijl ze met een
theedoek vinger voor vinger haar handen droogt. Applaus. Lawaai van wegstommelend publiek. Lucas komt binnen met twee
flesjes mineraalwater. Hij grijnst. Hij ziet er gelukkig uit.

De zaal begint weer vol te lopen. Door een spleet in de bespanning
aan de achterkant van het podium kijken Wanda en Lucas de ruimte in. Hij heeft zijn armen om haar heen geslagen en drukt zijn kin
in haar haar. Ze wiegen even heen en weer in het tempo van het
eerste deel, met de syncopen, met de onheilspellend aanrollende
akkoorden.

Emma en Egbert komen binnen! Ze gaan op de achterste rij zitten, aan het middenpad. Egbert heeft een wandelstok bij zich die Emma tegen de muur zet achter hun stoelen. Het orkest komt op. Er wordt gestemd. Dan is het stil.

Lucas slaat een hartstochtelijke, woeste Mozart met grote dynamiekverschillen en sterke accenten. Hij geeft het concert een desperate tragiek mee die niet belachelijk wordt omdat hij zowel spelers als luisteraars geen afstand tot de muziek laat. Er woedt een storm in de zaal die iedereen raakt en meesleurt. Als een goddelijke schipper heerst Lucas over bark en elementen; hij weet de uitbarstingen steeds net op tijd te beheersen en damt de orkestklank in tot een fluistering vóór elke piano-inzet. Wanda voert met hem het gesprek dat in woorden nooit mogelijk is. Zij denkt niet meer aan haar leraar, niet aan de damp van afgunst die boven haar medestudenten hangt, niet aan haar ouders op de achterste rij. Zij voegt zich naar het lied van Lucas, zij neemt het woord en dwingt het orkest te luisteren. Zij stormt en zingt en beitelt terwijl zij geen moment vergeet waar ze het tempo terug wil nemen, waar de belangrijke modulatie komt, op welke plek de armspieren even moeten ontspannen. Haar brein staat zo wijd open dat al deze zaken er moeiteloos in passen. Na het slotakkoord blijft ze even als verdoofd zitten.

'Ik neem het terug,' zegt Biermans terwijl hij Wanda's glas aanstoot met het zijne. 'Die vriend van je heeft het. Ja, je kan Mozart helemaal niet zo spelen natuurlijk, 't is een verkrachting. Maar hij dwingt het af, hij doet het. Alle respect! En voor jou ook, meisje. Ik heb met genoegen naar je geluisterd. Waar zijn je ouders? Ik dacht dat ik ze in de zaal zag zitten?'

'Ze zijn weer weggegaan. Mijn vader is ziek. Ze wilden weer naar huis.'

Tijdens het roffelende applaus had ze Egberts rug zien krommen. De hoestbui was niet te horen maar ze zag dat Emma de stok pakte, een zakdoek uit haar tas trok en haar man met zachte kracht de zaal uit duwde.

Wanda en Lucas stonden hand in hand voor de vleugel en maakten stijve buigingen. Zij knepen elkaar hard in de hand en Wanda wist: vannacht blijft hij bij me.

★

Een ruimte-innemend proces in de slokdarm, had de dokter gezegd. Toch had Wanda het juiste woord pas gevonden toen de portier haar verwees naar de afdeling oncologie. Kanker. Dat is het dus. Zijn keel wordt dichtgedrukt door een groeiend gezwel. Er kan geen eten doorheen en er kunnen geen woorden meer uit. In de lift staat ze met de handen om haar hals. Hij zal stikken. Er is niets meer aan te doen.

Egbert heeft koorts. Er staan zweetdruppels op zijn voorhoofd en hij lijkt verward. Hij hangt half overeind in het hoge ziekenhuisbed en kijkt naar Wanda zonder haar te herkennen. Dit is mijn vader, denkt ze. Hij is boos en kan het niet meer zeggen. Zou hij weten dat zijn leven aan het aflopen is? Misschien heeft hij spijt. Spijt om de oorlog, om Frankie, om haar. Het is niet gegaan zoals hij wilde. Ze kent hem niet, ze weet niet wat hij denkt. Ze moet bij hem gaan zitten en tegen hem praten. Kwam Emma maar.

Ze trekt een krukje naast het bed en pakt zijn hand.

'Wil je drinken, heb je dorst?'

Egbert schudt nee. Hij kijkt Wanda met vlammende blik aan. Uit zijn keel komt een geluid. Hij rukt zijn hand los. De tranen springen Wanda in de ogen van schrik en ongemakkelijkheid. Egbert wijst met zijn hand naar de tafel bij het raam. Dan zakt zijn hoofd opzij en suft hij even weg.

Kwam Emma nou maar. Ze kan dit niet. Ze dacht dat hij blij zou zijn om haar te zien. Het idee! Als je stikt wil je toch geen zeurende kinderen om je heen die niet doen wat jij wilt. Dan wil je lucht. Wanda loopt de gang op. Achter de balie zit een verpleegster die haar vriendelijk aankijkt.

'Ik weet niet goed wat ik moet doen,' zegt Wanda tegen haar. 'Hij is ontevreden, maar waarom?'

'Ik kijk wel even. Hij is wat verward vandaag, het is een slechte dag.'

De zuster is misschien twee of drie jaar ouder dan Wanda en ze weet precies hoe het moet. Ze is niet bang. Ze pakt Egbert zachtjes bij zijn schouders. Ze maakt zijn lippen nat met een washandje en veegt het zweet van zijn voorhoofd. Ze kijkt met een snelle blik onder het laken of de griezelige slangen nog goed functioneren. Ze legt een hand op Egberts wang en kijkt hem aan terwijl ze praat.

'Meneer Wiericke! Kunt u het opschrijven, wat u wilt?'

Ze trekt een kleine blocnote uit haar schortzak en geeft Egbert een pen in zijn hand. Egberts arm trilt. Moeizaam tekent hij een letter op het papier. Het is een w.

Maar als Wanda weer naar hem toe komt schudt hij zijn hoofd en duwt hij haar weg met zijn arm. Met het briefje in haar hand gaat ze op de gang zitten. Door haar hoofd dreunt een treiterig zinnetje: hij wil mij maar hij wil mij niet.

Met openhangende jas stapt Emma uit de lift. Haar hakken tikken op de vloer. Ze gaat naast Wanda op de bank zitten. Ze ruikt naar thuis.

'Moet je kijken,' zegt Wanda. 'De zuster vroeg wat hij wilde en toen schreef hij dit. De w van Wanda. Maar hij wilde me helemaal niet zien, hij duwde me weg.'

'Hij bedoelt meneer Winter. Van de apotheek. Dat is een vriend van hem. Ik denk dat hij die wil spreken.'

'O,' zegt Wanda.

Emma begint te huilen.

'Hij wil niet meer leven. Het is ook vreselijk. Ze doen niets meer. Ja, wachten tot hij doodgaat.'

Wanda weet niets te zeggen. Zij voelt een intense schaamte. De w van Wanda! Van Weerzin, van Walging, dat bedoelde hij. De w van Waardeloos. En van Woedend.

'Waarom laten jullie mij dan komen als niemand me nodig heeft?' Wanda staat op en beent heen en weer voor haar moeder. 'Dacht je dat dat leuk was voor mij. Ik wil dit niet, hoor je dat! Ik kan het niet en ik wil het niet.'

'Hij heeft een afspraak,' zegt Emma zachtjes, 'een afspraak met Winter. Die verzorgt de medicijnen zodat hij – nou ja, dat hij inslaapt. Dat hebben ze lang geleden samen besproken.'

'En dat wist jij?'

'Ja, natuurlijk wist ik dat. Ik was erbij.'

Emma snuit haar neus.

'Waarom vertel je mij nooit iets? Waarom weet ik niet wat er aan de hand is? Ik kom hier en sta voor gek omdat niemand mij iets vertelt!'

Soms is het beter om de dingen niet te weten, had Emma gezegd. Ze bedoelen het goed, ze moet niet zo luidruchtig doen. Niet zo zelfzuchtig.

★

De vierentwintig preludes van Chopin zijn geen losse impressies, toevallig bij elkaar gegooid tussen twee kaften, maar vormen een op velerlei manieren samenhangend geheel dat voor Wanda meer betekent dan de som der delen.

'Doe dat maar,' zegt Biermans, 'dat is een goede keuze.'

Er komt een radio-opname voor een serie waarin steeds een beroemde pianist een van zijn leerlingen voorstelt. Wanda is door haar leraar uitverkoren en wil de preludes spelen, allemaal. Hij vraagt niet waarom; zij zou het niet kunnen zeggen. Vaag, in de verte, voelt ze dat dit werk iets met protest te maken heeft, met een stampvoetend beklag over onontkoombaar onrecht. Of met het quasi-nonchalant wegwuiven van een rampzalig noodlot. Iets met de dood, ook. Alsof je je met de dood mee laat drijven – en in de volgende prelude ontken je alles wat er gebeurd is. Ze heeft de woorden niet nodig. Ze studeert.

'Radio is lastig,' zegt Biermans. 'Je hebt geen publiek. Als er iets misgaat kan het wel een keertje over, denk je. Je zit in zo'n geluiddicht hok zonder ramen. Je hoort jezelf ademen. Je ziet overal lampjes. Achter de muur lopen kerels met koptelefoons op hun hoofd. Je ziet ze wel, door een venstertje, maar je weet niet of ze je horen als je wat zegt. Het zijn tergende omstandigheden.'

Wanda lacht. Ze doet of Biermans een opnameapparaat is en speelt de hele cyclus achter elkaar. Dan is de les bijna om. Als het stil is hoort ze dat er verkeersgeluiden doordringen vanaf de straat.

De lamp suist. Wanda zit roerloos, en Biermans loopt naar de piano. Toen ze speelde heeft hij in een hoek van de kamer gezeten. Hij gaat in de bocht van de vleugel staan en buigt zich leunend op de kastrand naar haar toe.

'Zoals jij de boel bij elkaar houdt door al die vierentwintig tempo's op elkaar af te stemmen, daar zal elke muzikant met oren aan z'n hoofd jaloers op zijn. Ik ook. Het is een gave die je nooit moet laten bederven. Het geheim van Wanda Wiericke. Bewaar het goed.'

Wanda begrijpt waar hij het over heeft en knikt hem met een glimlach toe. Biermans praat verder. 'Nu zal ik je het geheim van Biermans vertellen. Als ik zo naar je zit te luisteren denk ik: Chopin sleurt haar mee. Misschien zit ze wel aan haar gestorven vader te denken. Straks loopt de boel haar uit de hand. Ze voelt te véél! Daar is niets op tegen, dat is goed. Máár!! Onder dat gevoel moet een tweede laag zijn, een vangnet zonder gaten dat er altijd is. Dat vangnet zit je te haken als je studeert. Je weet bij elk akkoord, bij elke frase: nu ga ik dit doen, nu gooi ik m'n armgewricht erin, nu alleen vingers, toespelen naar de volgende maat, inhouden zodat het accent er straks voldoende in hakt, pols ontspannen et cetera. Alles wat je voelt moet je vertalen in techniek. Als je speelt moet dat tweetalig zijn. Wie alleen in de technische taal kan spelen is misschien virtuoos, maar saai. Wie alleen de gevoelstaal spreekt is expressief, maar onbeheerst. Het geheim is de tweetaligheid. Als je dat met je eigen geheim combineert kan geen luisteraar de radio uitzetten straks.'

Wanda knikt. Ze streelt het ivoor van de toetsen. Hij heeft gelijk. Hij kan het goed zeggen. Maar is het zó eenvoudig, zo simpel als hij het voorstelt? Het is wel waar, maar is het alles? En haar eigen geheim, zoals hij het noemt, wat moet ze daarmee? Ze kent haar eigen geheim niet, en toch weet ze wat hij bedoelt.

Wanda staat op. Ze geeft Biermans een hand en gaat het leslokaal uit. Buiten brandt de zon op haar blote armen. Egbert is gestorven en Wanda studeert de preludes.

15

Voorzichtig stuurde ze de auto de berg op, gas terugnemend bij elke bocht. Ze had op het pleintje nog iets kunnen drinken, wat kunnen rondlopen langs de waterstromen, kijken bij het oude badhuis in het centrum, een paar boodschappen doen. Ze heeft het niet gedaan. Ze was op weg naar huis en over een kwartier zou ze binnenstappen.

In het late namiddaglicht lagen de bergen er koninklijk bij. Blauwzwarte kammen tekenden zich scherp af tegen de gelige hemel. Op de boomloze weide stonden de paarden stil bij elkaar. Hun huid glansde als een pasgelakte viool. Een boer met een baal hooi op zijn nek sjokte naar de stal, een meisje in een vaalblauwe jurk knipte rozen in de tuin, en uit de schoorstenen van het dorp rees rook omhoog. Alles drong tot Wanda door. Haar pijn was weg.

Ze zou eens goed moeten eten, in het hotel misschien? Met soep vooraf en wijn erbij. Een golf van weerzin sloeg door maag en keel. Stijf kneep ze haar handen om het stuur. Haar armen trilden. Bij het uitstappen merkte ze dat haar knieën niet te vertrouwen waren. Ze bleef even staan om tegen de grijze muur van het huis te leunen. De warmte van de stenen drong in haar rug en ze legde haar hoofd tegen de deurpost.

Het ding. Het zwarte monster. De kamer was een podium waar ze op moest. Ze moest achter de vleugel gaan zitten en alles zou zwart worden.

'Nou, nou,' zei Biermans, 'je kijkt of je vermóórd gaat worden! Het einde der tijden is nog niet nabij, hoor!'

Achter het toneel wachtte Wanda tot de zaal rustig was. Ze was bezig met haar angst. Lazer op, dacht ze toen haar leraar binnenkwam. Waar bemoei je je mee, houd je hopmannenpraat voor je, ga weg, ga weg. Ze rechtte haar rug en keek naar de handen met de trillende vingers die bleek tegen de zwarte stof van haar jurk lagen. De woede gaf haar stevige benen waarop ze vastbesloten naar haar instrument liep.

Er werd niet over gesproken op school. Een echte musicus had geen angst, en wie wel bang was moest maar eens over een ander beroep gaan denken. Een beetje spanning heb je nodig, had Biermans gezegd toen Wanda het onderwerp een keer durfde aansnijden. Dat scherpt de zinnen, dat is goed. Je moet er niet over piekeren, dan maak je het alleen maar erger. Desnoods verbeeld je je maar dat je thuis in je studeerkamer zit. En je wordt niet opgegeten, er zitten beschaafde mensen in de zaal.

Ze was geërgerd gaan spelen. Er waren mensen die hun carrière hadden opgegeven omdat ze bijna stierven van angst voor ieder concert. In de laatste minuut voor de opkomst was het oorlog. Je moest het slagveld in, je kon niet terug. Niet alle soldaten zijn even moedig. Zelfs Lucas had ze horen kotsen in de wc achter het podium. Hij zag bleek toen hij tevoorschijn kwam en had haar hand weggeslagen toen ze hem wilde strelen. Een begaafde hoboïst praatte tegen zichzelf, hardop: je kán het, je kán het! Wanda was geschrokken tussen de gordijnen geschoven zodat hij haar niet zag. Of je het kon maakte niet uit. Iedereen was bang.

Zonder overleg met wie dan ook had ze een routine opgebouwd die redelijk betrouwbaar was. De hele dag zweefde het optreden op de achtergrond van haar gedachten, vanaf de eerste ochtenddiarree tot aan de heldhaftige gang naar het podium. Kleren waren belangrijk. Een jurk met wijde mouwen, van een soort stof waaraan je zo nodig je handen kon afvegen. Niet te bloot, dat gaf zo'n onbeschermd gevoel in de rug. De bovenarmen moet je bedekken. Het ergste waren afzakkende bandjes. Wanda had een solide concertbeha.

Hoge hakken, had een celliste gezegd. Dan voel je je erboven staan, dat geeft steun! Naast de cello zien de hoge benen er pront uit, maar op de pianopedalen hebben hooggehakte voeten geen kans. Je zou er misschien mee op kunnen komen om ze vervolgens onder je wijde rok te verstoppen. Maar hoe krijg je ze weer aan als het applaus begint? Wanda had platte schoenen met dunne zolen waardoor ze het metaal van de pedalen kon voelen. Ze beeldde zich de hoogte in door nek en rug recht boven de aangespannen billen te houden.

'Ben jij nooit zenuwachtig?' vroeg ze aan Joyce na een triorepetitie.

'Ik leg het af. Doodsangsten! Vooral als ik moet wachten, als de piano eerst twee bladzijden heeft voor ik begin. Of als het stuk zacht en langzaam inzet, dan bibbert de stok en dat hóór je. Vreselijk.'

'Ik merk nooit iets aan je,' zei Wanda. 'Heb je een methode? Wat doe je eraan?'

Joyce wordt vuurrood. Ze heeft haar linkerhand om haar rechterpols geslagen en zuigt op haar middelvinger.

'Dat kan ik niet zeggen. Ik schaam me dood.'

Wanda voelde haar wangen ineens ook steken.

'Helpt het?'

'Het gaat niet altijd. Je moet ergens alleen kunnen zijn. Laatst was ik in de wc achter het podium en begon Bella Heidelberg op de deur te bonzen, of ik al kláár was! Toen lukte het niet. Maar áls het gaat: ja.'

Wanda maakte zich los van de muur en ontsloot de voordeur van haar huis. Ze hoefde niet. Ze kon aan de keukentafel zitten met de krant, met een glas wijn; ze kon de kamer dicht laten. Het was over, het hoefde nooit meer.

Nooit meer langzaam het licht in. Trager dan je wilde op het witte klavier af. Bedachtzaam gaan zitten. Voelen, kijken. De zaal in kijken. Het was geen studeerkamer, er zaten rijen en rijen mensen op geluid te wachten. Altijd stond tegen de achterwand die ene geleund, in donkere kleren, de hoed maakte een schaduw op zijn gezicht. Altijd die ene, voor wie ze speelde.

16

Hijgend duwt Wanda de zware deur open. De druppels die ze van haar jas schudt, spatten op het marmer van de gang. Haar schoenen klepperen op de houten trap. Ze is laat, te laat, in de grote zaal staat het ensemble al opgesteld, de microfoons zijn geplaatst, de posities bepaald en Gilles, die voor de techniek zorgt, zit achter het opnameapparaat.

Hij kijkt even op als Wanda binnenkomt. Het podium is leeg, de musici zitten ervóór. Het moet een heel werk geweest zijn om alle stoelen weg te ruimen. Wanda legt haar jas op een stapel stoelen naast de deur en trekt de losse vellen van haar partij uit haar jaszak. Ze blijft een ogenblik staan wachten tot Lucas aftikt en de geluiden ophouden. Dan loopt ze naar voren. Lucas wijst naar de vleugel, ingeklemd tussen een groepje altviolisten en een slagwerkbatterij. Ze komt voor hem. Verder heeft ze hier niets te zoeken. Wanda heeft vorig jaar eindexamen gedaan en studeert nog door voor haar solistendiploma. De wekelijkse les bij Biermans is haar enige verplichting. Daarnaast heeft ze haar ensemble en treedt ze zo nu en dan op. Ze staat met één been in de echte wereld en blijft door Lucas op de hoogte van wat er op het conservatorium gebeurt. Er is een nieuwe directeur gekomen, een componist. Voor het eerst werd op de einduitvoering geen Rachmaninov gespeeld maar een werk van Ton de Leeuw. De inkt was nog nat.

In de daaropvolgende zomer waren er leerlingen naar Keulen gegaan om in de nieuwe elektronische studio te werken. Ze kwamen terug met partituren van Stockhausen en Varèse, ze ronselden instrumentalisten om die werken in te studeren en organiseerden concerten met instemming van de directie. Wanda ging in diezelfde zomer naar Salzburg voor een Beethovencursus.

In de loop der jaren zijn Schönberg en Stravinsky haar vertrouwd geworden, maar ze schrok toen Lucas haar meenam naar een repetitie van de nieuwste muziek. Hij was enthousiast; er zat weer leven in de compositieklas. De leerlingen werden door het nieuwe idioom beïnvloed en hij dirigeerde hun hondsmoeilijke producten graag. Toen hij een stuk kreeg voorgelegd met een lastige pianopartij erin heeft hij Wanda daarvoor benaderd.

Lucas staat achter een langwerpige tekentafel. Daarop ligt de partituur. Op een krukje naast hem zit de componist die door iedereen Tsjak genoemd wordt maar die vroeger, toen hij nog een bedeesde pianoleerling was, Erik-Jan heette. Wanda weet nog dat hij in de solfègeklas zo verlegen was dat hij niet durfde zingen en steeds rood opkleurde als hij de beurt kreeg. Nu draagt hij een nauwe broek met bretels; zijn kortgeknipte haar staat recht overeind boven het jongensgezichtje.

Lucas knipoogt naar Wanda als ze haar plaats inneemt. Hij kijkt op z'n horloge.

'We zetten vanavond de boel onder elkaar. Intussen bekijkt Gilles het geluid. Volgende week nemen we in één keer op, 's nachts, als er geen trams meer rijden. Ik wil nu graag iedereen bij letter Q.'

Een onvoorstelbaar lawaai breekt los. Wanda heeft moeite er een soort cadans in te ontwaren. Ze is blij dat Lucas duidelijk het begin van elke maat aangeeft met een groot armgebaar naar beneden. Het is een rusteloze compositie zonder stiltes.

Ze pauzeren lang. Gilles heeft een dienblad met koffie uit de kantine gehaald. Hij loopt ermee naar een groep in het zwart geklede meisjes met sluik haar en zwart-omrande ogen. Ze nemen een voor een een kopje van het blad. Geen melk, geen suiker.

'Het is zo'n moeilijke partij,' zegt een altencoliste tegen Wanda. 'En je hoort er niets van. We zitten voor gek te strijken. Gilles! Waarom zijn we niet te horen?'

Als Gilles dichterbij komt ziet Wanda de littekens in zijn gezicht. Een voormalige puistenkop op een enorm lichaam. Gilles is slagwerker, en leider van het ensemble dat De Toekomst heet.

'Gehoord worden? Dat is niet de bedoeling.'

'Wat?' zegt Wanda. 'Ik heb me te pletter gestudeerd. Het is heel ingewikkeld. En niet erg pianistisch geschreven als ik het mag zeggen.'

Gilles snuift. 'Je moet het snappen. Wat Tsjak maakt. Is niet uit te leggen. Nieuw werk.'

Wanda begrijpt het niet. Ze begrijpt deze mensen niet. Hoe ze over muziek denken. Ze moet er meer van weten, dan gaat ze het misschien waarderen. Zo gaat dat met nieuwe muziek. Als je de toonreeks kent, als je gewend raakt aan de akkoordopvolgingen dan komt er een dag dat je eraan gehecht bent en het mooi vind. Ze probeert het nog eens.

'Als de geluidsbalans zo onevenwichtig is, dan kunnen de luisteraars het toch niet mooi vinden?'

Gilles stopt zijn grote handen in de zakken van zijn broek. Hij kijkt Wanda onbewogen aan.

'Val jij op mooi? Dan begrijp je er helemaal niets van. Dácht ik wel. Ik zag je bezig. Reuze esthetisch. Het lijkt wel of je piano zit te spelen! Nee, jij bent besmet met de uitvoerdersziekte. Dat komt niet meer goed.'

De altiste is weggelopen. Wanda weet niet wat ze moet doen. 'En Lucas dan?'

'Lucas is oké. Die voelt het. Die staat achter ons. Lucas is niet verliefd op mooi.'

Wanda kijkt om zich heen. Waar is Lucas? Hij staat naast Tsjak, ze kijken in de gigantische partituur. Lucas' hand ligt in de jongensnek van de componist. Met zijn duim wrijft hij over de korte haartjes. Tsjak kijkt naar Lucas op, glimlacht. Lucas duwt zijn heup tegen het magere lijf van de jongen en glimlacht terug.

O, denkt Wanda. O.

Gilles is naar zijn geluidskast gelopen en de strijkers kwetteren met elkaar in een hoek. Wanda pakt haar jas en glipt de deur uit.

Hoe moet ze het zeggen? Ben je op die jongen, hoe kan het dan dat je het ook met mij doet? Hoe zit dat, ik begrijp het niet. Leg het me uit.

Ze zitten tegenover elkaar aan een tafeltje in de kantine. Wanda's stem klinkt ongewoon fel.

'Je verkoopt jezelf aan die jongens! Alleen omdat je radio-opnames kan maken. Het is niet eerlijk!'

'Tja,' zegt Lucas, 'dat er aandacht voor is vind ik wel prettig. Dat valt niet te ontkennen.'

'Dat jij je leent voor die stompzinnige muziek! Ik vind het verraad.'

Ja, een verrader is hij, een bedrieger. Wanda heeft rode konen en haar ogen schitteren.

'Dat zie je toch verkeerd,' zegt Lucas bedachtzaam. 'Die jongens proberen iets nieuws te maken. Het afzweren van de reguliere schoonheid – ik zie daar wel wat in.'

'En Brahms dan? Je liegt!'

'Ja. Brahms. Ik ben dirigent, ik probeer alles. Anders ben je nergens.'

'Maar ze kunnen niks. Het is wartaal wat ze maken. Dat wéét je toch, Lucas?'

'Ja. Nee. Je hebt wel gelijk, in zekere zin. Maar ook niet. Je moet erover nadenken. Je ligt in een bed van eeuwen. We moeten toch opstaan, er moet toch iets nieuws komen? Die jongens proberen dat tenminste.'

Ze zegt niet wat ze wil zeggen, ze kan het niet. Hoe doen mannen het met elkaar? En denkt hij dan aan haar?

Lucas is opgestaan. Hij steekt zijn hand op en loopt de kantine uit.

★

De volgende morgen neemt Wanda in een impuls de trein naar huis. Overal ziet ze mensen die op weg zijn, die tassen en paperassen meevoeren. Mensen op wie gewacht wordt, die op tijd ergens moeten zijn om een gesprek te voeren, een plaats in te nemen en een leegte te vullen. Wanda's handen liggen op haar rok.

De reizigers zwermen uit in de stationshal. Gehaast en vastberaden stappen ze met de tas onder de arm op hun doel af. De deuren van winkels en kantoren staan open om de werkers binnen te laten. In haar jaszak houdt Wanda de sleutel van haar moeders huis omklemd. De wind heeft de bomen langs de Singel kaal ge-

veegd. De eindeloze weg over de brug met de griezelige reddings-
haak, langs de halfverdronken wilg en de eenden is in een ogenblik
afgelegd.

'Mama! Ik ben thuis!'

In de vestibule hangt een vreemde jas, een enorme mantel met
een kraag van plat, krullend bont. Wanda hangt haar eigen jas over
een keukenstoel en gaat aan tafel zitten. In de tuin steken de bruine
stengels van helianten en margrieten uit boven een tapijt van af-
gevallen bladeren.

Koffie zetten, in de ijskast kijken. Daar liggen een paar slanke
flessen witte wijn tussen de pakjes van de kaasboer. Gezouten boter. Zure room. Hertenbiefstuk. Wanda hoort gestommel op de
trap, geschuifel op de stenen vloer van de hal, de klik van de voordeur – of beeldt ze zich dat in? Emma komt binnen in haar kamerjas.

'Lieverd, je verrast me. Is er iets gebeurd dat je zo vroeg komt?
Ik was nog niet eens op!'

De huid van Emma's gezicht is gladder en gevulder dan vroeger. Het haar glanst. Ze zit ontspannen tegenover Wanda en glimlacht. De kamerjas valt open en ze strikt hem beter dicht. Eronder
heeft ze niets aan.

'Ik ben zo lang niet hier geweest. Had geen zin om te studeren.
Er zijn wat repetities uitgevallen, ik heb tijd.'

'Had maar gebeld, dan was ik opgestaan en had ik wat voor je
gehaald. Doe je dat de volgende keer? Je overvalt me een beetje.'

Ze moet zich aankleden, denkt Wanda. Ze moet haar haren
doen zoals vroeger en er moet normaal eten in huis zijn, melk en
boterhammen en een reuzestuk jonge kaas.

Terwijl Emma toilet maakt gaat Wanda met de rieten boodschappentas naar de bakker. De jas is verdwenen.

'Ik ben weer gaan zingen, ja. Het begon met de operettevereni-
ging, hun hoofdrol lag ineens met een hernia en de vervangster
kon de partij niet aan. Toen werd ik gevraagd en ik heb ja gezegd.
Ik dacht: ik kijk gewoon hoe ik het vind. Ik kan me altijd nog

bedenken. Heerlijk vond ik het, héérlijk. Alsof ik was thuisgekomen. Ik ben weer gaan studeren en ik geef les. Tien leerlingen, en er komen er nog meer. Het rare is dat ik niet moe ben, terwijl ik veel meer doe dan eerst. Ik ga ook weer professioneel optreden: ochtendconcerten, duetten en liederen. Met Bella Heidelberg, wat vind je dáárvan!'

'En die duetten?'

'Een bariton. Een heel mooie, donkere stem. Hij komt uit België.'

Emma bloost. Ze staat op en rommelt in de keukenla, op zoek naar messen die al op tafel liggen.

Na het ontbijt ontvlucht ze de warme keuken om door de polder te gaan lopen. De wind blaast tranen over haar wangen. In de vertrouwde weilanden worden huizen gebouwd en parkjes aangelegd. Alles wordt anders en beter, denkt ze, ook mijn moeder. Ze hoort er niet meer thuis, niet in deze stad en niet in dit huis. Emma is gelukkig, ze moet blij zijn voor haar, ze zingt weer.

Er staat een bundel Schubertliederen open op de vleugel. Brahms ligt boven op een stapel operettepartituren en vocalises naast de lessenaar. Wanda speelt haar toonladders. Even Schubert proberen; meteen zingt Emma mee vanuit de keuken. Haar handen aan een theedoek afdrogend komt ze achter de piano staan. De stem is iets kaler geworden en heeft in de hoogte een randje gekregen dat er vroeger niet was. De frasering is feilloos, de afwerking verzorgd en een tomeloos plezier in het strottenhoofd klinkt door in alles wat Emma zingt.

Zo zou het moeten zijn, denkt Wanda, wij samen muziek maken, zoals heel vroeger, vóór alle anderen ertussen kwamen. Zou ze aan hém denken, nu ze weer met een pianist optreedt? Ze zingt dezelfde liederen en hoort dezelfde begeleiding. Ze moet aan hem denken, alleen door almaar aan ze te denken kan je de doden bij je houden. Maar ze denkt natuurlijk aan die Belg, aan hertenbiefstuk en matineeprogramma's.

De bel gaat en Emma stuift weg, de theedoek op de vleugel achterlatend. Wanda volgt haar naar de gang, langzaam en nadrukkelijk.

Omlijst door een woeste herfstlucht staat een grofgebouwde man in de deur. Hij draagt de mantel met het geplette bontkraagje en strekt zijn hand naar Wanda uit.

'Guido de Bock. En u bent de beroemde dochter. De pianiste!'

Worstvingers en een overdonderende, warme stem. Een vriendelijke lach. Een aardige man. Hij hangt zelf zijn jas aan de kapstok en wrijft Emma even over haar rug als ze naar de keuken lopen. Ze drinken thee. Hij informeert naar Wanda's ervaringen op het conservatorium, wil weten wat ze graag speelt en van welke pianisten ze houdt. Een aardige man.

'We waren wat aan 't zingen,' zegt Emma. Guido vindt dat ze daarmee door moeten gaan, hij zet zich op de bank met een glas, hij wil graag luisteren. Daar blijft het niet bij, na twee liederen staat hij al naast Emma in het duettenboek te bladeren en krijgt Wanda de pianopartij voor haar neus. Bij een snel operettenummer schieten ze alledrie in de lach, bij een tedere cavatina hoort Wanda hoe de zanger haar moeders stem ondersteunt en laat schitteren. Een aardige man. Ze willen Mozart, het beroemde duet van Don Giovanni en Zerlina. Wanda neemt een vlot tempo maar wordt door Guido teruggetrokken als hij inzet. Ze past zich aan. Achter haar rug gaan de twee stemmen een eigen leven leiden. Samen. Ze hoort Zerlina bezwijken, ze hoort de gelukkige triomf in de slotpassage en ze voelt de warmte tussen de mensen achter haar terwijl ze ongemakkelijk de afsluitingsfrase speelt. Het zweet staat in haar nek.

'Ik blijf niet eten. Ik wil de trein van zeven uur nog halen.'

'Wat je wilt,' zegt Emma. 'Kom gauw weer. Als je maar wel opbelt, ik ben zo vaak weg tegenwoordig.'

Guido bedankt haar voor het spelen. Hij wil naar haar volgende recital komen luisteren, hij bewondert haar, hij kent Biermans van vroeger. Zal hij haar naar het station brengen?

Nee, Wanda loopt liever. Ze kust Emma op de wang. Even staan ze samen in de hal. Wanda zwijgt.

'Je begrijpt het wel, hè? Ik heb een heerlijk leven gekregen. Zomaar!'

'Ja,' zegt Wanda. 'Ik zal bellen. Ik wil je niet storen.'

'Je zou eens naar Frank moeten gaan, ik heb daar bijna geen tijd meer voor. Die mensen van de inrichting willen graag dat er familie komt, daar deed ik het eigenlijk voor. Want hij herkent me niet. Kan jij er niet eens heen?'

'Ik moet nu weg, anders mis ik de trein. En jij moet terug naar de keuken.'

Wanda voelt niets als ze in de trein zit, niets als ze op het winderige perron uitstapt, als ze de sleutel in haar huisdeur steekt en de kale trap op loopt. Ze kleedt zich uit en kruipt zonder te eten in bed. Ze trekt de dekens over haar hoofd.

In haar droom loopt ze door de donkere repetitieruimte waar Tsjak en Gilles bezig zijn met hun muzikanten. Wanda zoekt haar plaats die er niet is. De musici staan in lange rijen opgesteld, gebogen over hun trommels. In een kort broekje staat Tsjak op het toneel te dirigeren. Wanda wil de weg vragen, ze tikt een trommelaar tegen zijn schouder, hij draait zijn hoofd, hij is een mongool die dwars door haar heen kijkt. Nu heeft Gilles haar gezien en begint naar haar te wijzen. De trommels dreunen.

Wanda wordt wakker met een bonkend hoofd en een rauwe keel.

Koorts. Ze moet drinken. Rode kop in de spiegel. Dof, plat haar. Weer in bed ineens huilen. Dan slaap. Hoesten. Dit is niet goed. Ze moet iemand roepen. Een dokter. Haar hoofd vlamt. Het is benauwd. Liggen, alleen maar liggen. De wekker blijft maar rinkelen. Of is het de bel? Ze moet opendoen.

'Hoe lang lig je hier al?' vraagt Joyce. Ze zit met haar benen over elkaar op Wanda's bed. Er komt buitenlucht uit haar jas. De vioolkist staat naast de deur. Op haar knieën is Wanda naar de voordeur gekropen. Toen werd alles zwart. Joyce heeft het bed verschoond, de kamer gelucht en thee gezet. Wanda moest zich wassen met de deur op een kier, zodat Joyce het zou horen als ze omviel.

'Geef me je sleutel, dan ga ik boodschappen voor je halen. Heb je een huisarts? Nee? Dan bel ik de mijne.'

Wanda ligt uitgeput in het schone bed. Ze kan alleen fluisteren.

Als ze haar mond opendoet is ze vergeten wat ze ging zeggen. Ogen dicht, slapen.

De dokter is een vrouw met grijze krullen. Ze draagt geen witte jas, maar een Schotse rok met een trui. Wanda zucht en kucht op haar bevel. De dokter voelt aan haar voorhoofd en kijkt naar de blote benen die als verlamd op de lakens liggen.

'Je hebt een fikse longontsteking. Ik zal je penicilline geven, een kuur van tien dagen. Bedrust. Veel drinken. Is er iemand die voor je kan zorgen?'

Ze heeft een ketting om van matte parels. Smaakvolle lippenstift, verzorgde nagels. Wanda rilt. Haar haar prikt en plakt tegen haar hoofdhuid.

Joyce zal elke dag even komen, na haar orkestrepetitie. En 's avonds nog een keer. Het is geen moeite, ze woont vlakbij.

'Ik kan niet naar m'n moeder,' zegt Wanda als de dokter weg is. 'Die heeft het te druk. En ze heeft altijd voor zieke mensen gezorgd, ze kan er niet meer tegen. Vind je het erg?'

'Welnee,' zegt Joyce. 'Ik kom graag bij je. Nu je ziek bent zeg je tenminste nog eens wat. Anders ben je altijd zo zwijgzaam.'

Wanda ligt. In haar lichaam vechten de medicijnen tegen de ziekte. Ze laat het gebeuren, gewillig en zonder protest. Haar huid schilfert, haar voetzolen worden glad als babyvoetjes en haar vlees wordt slap. Ze slaapt dag en nacht.

'Ik heb geen zin meer in Biermans. Hij behandelt me als een kind.'

Wanda zit rechtop in bed. Joyce heeft soep gemaakt. Ze eten.

'Dat gaat altijd zo, tegen het eind. Dan heeft niemand meer zin in zo'n lange les elke week. Hij moet je een beetje je gang laten gaan. Volgend jaar ben je weg!'

'Ik ga naar Londen,' zegt Wanda. 'Ik wil bij Curzon studeren.' Ze wist het niet. Ze hoort het zichzelf zeggen.

'Die mierenneuker? Dat is toch erg?'

'Nee. Dat is juist goed. Ik ken hem van de zomercursus in Salzburg. Hij bemoeit zich nergens mee, hij zegt alleen wat hij verkeerd vindt. Hij luistert goed. Joyce, ik kan helemaal niet studeren, nu!'

'Wees blij. Wanneer heb je voor het laatst een paar weken niets gedaan? Nooit toch? Als jij vakantie hebt ga je ergens verder studeren. Jij kan nog geen dág zonder.'

'En jij dan?'

'Ik wel!' zegt Joyce. 'Zeker sinds ik getrouwd ben.' Ze wrijft over de rode plek in haar hals. 'Ik ben blij als ik dat ding in de kist kan leggen, 's zomers. Ik haat het om altijd op je handen te moeten letten, om je altijd schuldig te voelen dat je niet genoeg oefent, om altijd opnieuw te moeten beginnen. Je studeert om niet achteruit te gaan, het is rennen op de lopende band. Wat een vak.'

'Het lijkt maar zo. Wat je de vorige dag hebt geoefend moet je wéér oefenen, en dan ken je het sneller. Je moet het op termijn zien. Alsof je aan een huis metselt.'

En dat huis laat ze nu in elkaar donderen, nu ze hier ziek ligt te zijn. Haar spieren vergeten hun kunstjes, haar hersens worden lui.

'Het interesseert me gewoon niet,' zegt Joyce. 'Ik speel in het orkest, soms is het leuk, ik studeer er ook wel voor, maar als ik vrij ben vind ik het prima zonder viool. Dan gaan we naar de film, of eten, vrijen, wijn drinken zonder gewetenswroeging. Kan je je dat voorstellen?'

'Nee. Ik móet. Ik kan niet zonder.'

's Nachts ligt ze wakker en spant haar slappe vingers. Joyce is gelukkig, ze doet de muziek erbij maar haar echte leven is elders. Bij iemand anders. Wanda kan niet samen met iemand anders zijn. Ze zou niet weten hoe dat moet. Ze begrijpt de anderen niet.

Als de koorts weg is mag ze opstaan. Aan tafel iets eten, in de middagzon even naar buiten. Aan de arm van Joyce loopt ze zwetend en met trillende benen een stukje over straat. Ze begint te snikken als ze weer in bed ligt.

'Ik kan het niet!'

'Hier, snuit je neus. Jij kan alles. Je bent gewoon moe.'

'Lucas. Ik had het niet door. Ik zeg ook nooit wat ik zeggen moet. Hoe doe je dat, iemand echt leren kennen?'

'Je moet zeggen wat je voelt. En de ander ook. Dan gaat het vanzelf.'

Wanda wéét niet eens wat ze voelt. Of ze voelt niets. In ieder geval zijn er geen woorden voor.

'Lucas is niets voor jou,' zegt Joyce. 'Je moet dankbaar zijn dat je van hem af bent. Zo'n man zonder kern, die almaar ergens anders heen loopt, daar heb je niets aan.'

Wanda denkt: mijn schuld. Hij had niets aan haar. Heeft zij een kern? Wat bedoelt ze toch?

Joyce vouwt haar armen over haar buik en glimlacht.

'We moeten straks naar de dokter. Ik denk dat ik zwanger ben. Eindelijk.'

Wanda kijkt naar het lichaam, naar het gezicht van Joyce. De huid onder de ogen is opgezet, borsten, armen en wangen zien er voller uit dan vroeger en de ogen stralen, ziet ze nu. De baby is haar kern. Of dat ze die baby kan willen. Dus dáárom heeft de viool afgedaan. Joyce heeft nu haar buik.

'Ik ga slapen,' zegt Wanda. 'Je hoeft niet te komen vanavond. Ga het maar vieren.'

Drie keer per dag een half uurtje achter de piano. Een zwakke toon, de vingers zijn nog slap en de rug is ingezakt. Wanda zweet en speelt Bach tot het haar zwart voor de ogen wordt. Het lijkt of alles in haar hoofd openligt, de scheidingswallen tussen vroeger en nu zijn lek geslagen en voelen doordringt het denken. De inventies overrompelen haar met heldere herinneringen: haar vader zit in de hoek van de kamer op zijn stoel, zo echt dat ze bijna zijn krant hoort kraken. Bij een andere passage ruikt ze de zure lucht uit Frankies kleren. De driestemmige in f-klein drijft haar de straat op.

De zon staat laag, de middag is bijna om. Steentjes op het asfalt hebben schaduwen als kopspijkers. Hoe verder ze loopt, hoe leger het wordt op straat. Geen mensen om tegen op te botsen, voor uit te wijken, voor weg te lopen. Een zwerm vogels stijgt op uit de rij bomen aan het eind van de weg.

Zwarte stippen tegen de loodgrijze lucht. Het bloed klopt in haar hoofd, dan suist het in haar oren en voelt haar schedel leger en leger. Ze zou haar armen over een volle buik moeten leggen, een warme Belgenhand in haar rug moeten voelen, de heup van Lucas in haar zij.

★

Vanaf het station neemt Wanda de bus naar de inrichting. Tussen vrouwen met volle boodschappentassen zit ze stil naast het raam. Ze ziet herenhuizen in een rij, dan kleine buitens met dikke bomen, afgewisseld met stukken weiland. Wanneer de huizen zich aaneenrijgen tot een dorpskern stopt de bus en stappen er mensen uit.

'De Reehof!' roept de chauffeur. Wanda ziet een blinkend wit paleis liggen achter een oplopend gazon. De toegangswegen aan weerszijden van het grasveld komen bij elkaar onder een terras. Langwerpige glazen deuren sluiten het gebouw af. Erachter begint het park.

Het lijkt of er in het witte huis niemand aanwezig is. De gordijnen hangen roerloos voor de ramen. Wanda loopt er omheen. Een vreemd gebouwde man of jongen staat tussen de bomen te graven. Hij roept haar iets toe. Ze verstaat het niet. In het bos ontwaart ze een betonnen bunker: het portiershok. Wanda tikt tegen het raam en wordt binnengelaten. Het ruikt er naar zurige poederkoffie en oude sigaretten. Wanda gaat aan een formica tafel zitten tegenover de man die haar binnen noodde. Hij draagt een eigenaardig kostuum, een habijt. De portier is een zwakzinnige, denkt Wanda even, voor het tot haar doordringt dat hij een geestelijke is.

De man ziet haar kijken en zegt: 'Broeders penitenten. Wij hebben jarenlang de bewoners verzorgd. Nu zijn er dokters en jonge mensen die ervoor geleerd hebben. Van ons zijn er nog maar een paar over. En oud, oud.'

Hij zet een dikke bril op om in het patiëntenboek te kijken.

'Ja ja, ik dacht het wel: Wiericke, Frank – paviljoen de Otter. Afdeling bedzaal. Het is achter op het terrein, bijna aan de duinrand. Nog een aardige wandeling voor u.'

De broeder pakt een plattegrond om Wanda te wijzen hoe ze lopen moet.

'Bezoek is eigenlijk op zaterdag, weet u dat? U bent zeker lang niet hier geweest.'

'Ja,' zegt Wanda. 'Ik wou ook graag de dokter van mijn broer spreken, denkt u dat dat kan?'

'Hij is er wel, ik zag z'n auto. Weet u wat, als u nu vast op stap gaat zal ik hem even voor u bellen en als hij tijd heeft komt hij naar de zaal. Dan treft u hem daar.'

Traag wandelt ze door het park, langs glooiende grasvelden en statige kastanjelanen. De vierkante, moderne gebouwen die hier en daar in het bos staan, hebben glazen gevels en zijn vernoemd naar kleine dieren. De namen staan geschilderd op houten bordjes naast de toegangsdeuren: Eekhoorn, Egel, Mol.

Een groep jongens harkt bladeren bijeen, op het pad staat een kruiwagen om ze in te doen. Wanda loopt aan de andere kant van het pad voorbij, schuchter en met een schijn van haast. Met rode handen vol herfstbladeren stapt een man op haar toe.

'Het moet gedaan worden,' zegt hij. Zijn tanden staan in een woekerend bed van glimmend tandvlees. Wanda knikt. Een kale mongool richt zijn verrekijker op haar en kijkt haar na.

Haar hart slaat onrustig. Langzaam nu, naar de bordjes kijken. Daar verderop rechtsaf, daar is de Otter, daar is Frankies huis.

De deur is op slot en er is geen bel. Wanda gaat zitten op een muurtje naast de ingang. De lucht is kil en mistig. Ze proeft een vleugje zout. De duinen strekken zich uit achter de spoorlijn die het terrein afgrenst. Achter de ramen van de Otter gaat het licht aan, het werpt een bleke baan van helderheid op de stenen.

Over het pad komen twee mannen met een steekwagen vol etenswaren aanlopen, een broeder en een inwonend hulpje, denkt Wanda. Over de pij draagt de broeder een oranje windjak. Hij opent de deur met een sleutel die aan zijn uniformkoord hangt en kijkt Wanda aan.

'Wilt u naar binnen?'

Wanda staat op en schuift achter de stapel broden en flessen de hal in. De mannen verdwijnen met hun boodschappen naar de keuken, de deur slaat dicht en Wanda staat in een verlaten ruimte. Het is er benauwd; de lucht is zwaar en zoetig. Aan alle kanten monden gangen uit op dit binnenplein. Zwak schemerlicht valt op het grijze linoleum vanuit een raam in het plafond, half afgedekt met herfstbladeren. Tegen de muren staan opgestapelde stoelen;

uit de gang waarin de mannen hun kar trokken klinkt gedempt gegiechel en gekletter van vaatwerk.

Achter in de zaal staat een zwarte vleugel met gesloten klep.

Achttien luide voetstappen heeft ze nodig om bij het instrument te komen. Ze trekt haar armen uit de mouwen als ze gaat zitten. De jas valt achterover op de grond. Een Bechstein. De lessenaar is bewerkt, uitgesneden. De lak bladdert en de lage, brede pedalen zijn dof beslagen. Oud ivoor op de toetsen. Een laag akkoord, diep nazingende snaren. Beetje vals. Heerlijke, parelende discant. Waarom nu het Italiaans Concert? Ze weet het niet. Ze speelt.

Uit de keukengang komen de broeder en zijn helper aangelopen. Ze blijven staan, tegen de muur geleund. Ze ziet het niet. Iemand steekt een sleutel in de buitendeur en stampt de bladeren van zijn schoenen bij de uitgang. Ze hoort niets. Er is alleen de beweging van de muziek, de vreemde ruimte die ze verkent en vult met vertrouwde klanken. Eindelijk ademt ze weer.

Een schaduw over de vloer. Vliegensvlug glijdt een donkere gestalte over het lichte zeil, met schokkende bewegingen. Een verpleegster in een witte kiel rent erachteraan maar blijft plotseling staan aan de rand van de schemerige zaal. De jongen kruipt verder, naar de vleugel toe. Wanda ziet hem uit haar ooghoek en glimlacht. Onder de piano trekt hij zijn benen naar zijn borst en blijft opgekruld liggen tot de muziek zwijgt. Dan komt er uit zijn keel een krakend, wild geluid: 'Mbwaah, mbwááh!!'

Wanda buigt haar hoofd en zet plechtig het langzame deel in. Ze dekt haar broer toe met de zware basakkoorden en spint daarboven met haar rechterhand een hemels lied.

17

Hoe vers en fris is de ochtend in Albi! Bouw deed een nieuw overhemd aan van lichte katoen, met korte mouwen. In de auto stonk het naar zweet en wijn. Hij draaide alle raampjes open en reed de stad uit. Toen hij Toulouse naderde bespeurde hij een neiging tot vertragen. Waarom die slome vrachtwagen niet gepasseerd, wat is er te zien aan die steriele parkjes in de buitenwijken, waarom zo krachtig geremd als het stoplicht nog pas geel is?

Bouw verwachtte dat het druk zou zijn in de binnenstad. Beter de auto ergens even neerzetten en goed op de kaart kijken. Op een terras misschien. Het moet een mooie stad zijn, van roze steen.

Hij keek naar zijn blote onderarmen. Grijsblonde haartjes, onregelmatige huid met hier en daar koffiekleurige vlekken. De rek eruit, de glans eraf. De buik welfde zwaar over de broekriem en in de achteruitkijkspiegel ving hij een glimp op van het dunne haar dat steeds verder terugkroop over zijn schedel.

Een buik als een plank had hij toen hij haar ontmoette. Van het roeien. Een dikke bos donkerblond haar, stevig. Hij dacht er niet aan dat hij het ooit kwijt zou kunnen raken. Nooit traag, nooit moe, toen.

De weg naar het zuiden was overduidelijk aangegeven. De richtingaanwijzers naar Foix voerden hem om het centrum heen naar een smalle weg door industrieterreinen. Hij haalde zijn schouders op. Naar Foix.

'Er is een dame voor u,' had de broeder-portier gezegd. 'Familie van patiënt Wiericke. Ze wacht in de Otter.' Het was herfst, het was aan het einde van een lange dag. Hij had naar huis willen gaan en was even binnengelopen om te horen of er nog iets was, hij had de autosleutels al in z'n hand.

Frank Wiericke. Een kind met driedubbele pech. Niet alleen

Downs syndroom, maar ook een hersenbeschadiging door een moeizame geboorte en een daaropvolgende jarenlange ondervoeding tijdens de bezetting. Geen gezellige, aanhankelijke mongool, zo'n zonnetje in huis, speels en dankbaar als een lieve hond. Frank was een stuurse jongen die zich nauwelijks liet verzorgen. Hij sprak niet, herkende niemand en liet zich niet benaderen. Hij durfde niet te lopen maar kroop over de vloer van de bedzaal naar zijn plek tegen de muur om daar zijn hoofd tegenaan te bonzen. Het afdelingshoofd had gymnastiekmatten tegen de muren laten aanbrengen. Toen Bouw bij de Reehof in dienst kwam trof hij de diep zwakzinnigen in bed aan. Ze lagen de hele dag op gummizeilen tussen de hekken van hun bedden en werden door de broeders in een strak schema gevoerd en gewassen. Hij had een schijn van leven ingevoerd door een soort huiskamer in te richten met matrassen op de vloer. Daar werden de bedpatiënten iedere ochtend naartoe gedragen zodat ze door het gewapende glas naar de bomen konden kijken. De verpleging droeg hij op met de patiënten te spelen. Hij gaf ze een budget om ballen en trommels aan te schaffen. De broeders penitenten schudden hun hoofden. Zo hoorde het niet. Wie niets kan, moet liggen en verzorgd worden. Orde, reinheid en toewijding, daar ging het om. Wie niets begrijpt kan zelf niet bidden; voor hem moet gebeden worden. Godsdienstoefening en de zorg voor zindelijkheid vulden de dagen, de rest was overbodig. Met lede ogen moesten de broeders aanzien dat er een gymnastiekleraar in huis kwam om de patiënten te leren bewegen. Er werd beroepspersoneel aangetrokken, jonge mensen die niet konden soppen, die de rommel lieten liggen om een liedje met een patiënt te gaan zingen.

Het werd een taaie, langdurige strijd, die de broeders wel moesten verliezen. Ze werden ouder en krachtelozer en hadden de tijd tegen.

Bouw voerde de strijd langzaam en beleefd, maar onverbiddelijk. Het passieve verzet prikkelde hem, de vrome onbaatzuchtigheid maakte hem razend, maar de aanblik van de oude mannen in hun vreemde pijen wekte ook zijn respect en mededogen. Er kwam een pensioenregeling.

En er kwam een psycholoog, zo van de universiteit en door-kneed in de allernieuwste leertheorieën.

Pamiers. Het land was groen geworden. Geen megasupermarkten, autobedrijven en meubelhallen meer. In de verte doemden de bergen op. De weg begon omhoog te gaan. Bouw naderde de Pyreneeën. Hij wou het en hij wou het niet.

'Een approach-avoidanceconflict,' zei de psycholoog. 'Ze zijn bang voor de zwakzinnige en willen wegrennen; maar ze worden er ook door gefascineerd en willen erheen. Het resultaat is dat ze op een door angst en nieuwsgierigheid bepaald punt blijven staan. Dáár moet je je personeel op selecteren. Ze moeten niet te ver van de patiënten af staan, maar ze moeten zich ook niet op de bewoners storten, dwars door hun afweer heen. Dan hebben ze geen distantie en kunnen ze niet nadenken.'

Door de leertheorie kreeg de Reehof een ander gezicht. De bewoners werden getest, er werden ontwikkelingsprofielen gemaakt en leertrajecten ontworpen.

Het doel van zo'n traject werd niet langer bepaald door de eisen van de maatschappij of de ouders, maar door de veronderstelde behoeften en de gemeten capaciteiten van de zwakzinnige zelf.

Bouw grinnikte in zichzelf. Wat een tijd! Zelfs de diepste idioot kreeg een programma. Oogcontact maken, een hand uitsteken, een geluid nadoen. Urenlang zaten verpleegsters een patiënt te leren hoe hij een sok moest uittrekken. Als het gedrag in de juiste richting ging kreeg de patiënt een snoepje. De maaltijd werd een circusnummer. De bewoners mochten kiezen wat zij eten wilden en moesten zoveel mogelijk zelf doen. Schalen donderden op de grond, ze schoven het eten met handenvol naar binnen en graaiden de gehaktballen van het bord van hun buurman.

Bouw had vooral gepraat. Met de verpleging, om het vernieuwingstempo af te remmen; met de broeders, om het gevoel dat ze alles verkeerd gedaan hadden wat af te zwakken; met de familie van de bewoners, om uit te leggen waarom alles anders moest. Het ergste was de onttakeling van de leefomgeving: op last van de psycholoog werden schilderijen en versieringen van de muren gehaald en ging de radio uit. Al die kleuren, vormen en geluiden brachten de patiënten in de war zodat ze niet meer wisten waar ze op moesten letten. De ruimte moest arm aan prikkels worden, dan zou de aandacht van de zwakzinnige zich vanzelf richten op die ene rode bal die naar hem toe rolde. Onmenselijk, zeiden de broeders; ongezellig, zei het personeel, het lijkt hier wel een laboratorium. Een absolute noodzaak, betoogde de psycholoog; Bouw legde geduldig uit hoe weldadig de stilte was voor het snel overvoerde mechanisme voor prikkelselectie van de meeste bewoners. Hij kreeg gelijk. Langzaamaan begonnen de patiënten te begrijpen waar ze op moesten letten en merkten de verzorgers hoe de kale omgeving hun tot steun was. Het hielp iedereen behalve Frank Wiericke.

Hij stopte in Foix om wat te eten. Hij liep over de muren van het vierkante kasteel en keek naar de bergen in de verte. Straks was hij er. Wat moest hij doen, waar zou hij heen gaan?

De jaren in de zwakzinnigenzorg hadden hem geschoold in het kijken, afwegen en voorzichtig onderhandelen. Hij was gaan houden van het langzame proces. De ontwikkeling van een imbeciel kind gaat zo traag, zo bijna onmerkbaar dat daarmee vergeleken een gewoon kind als een raket door z'n eigen geschiedenis voortschiet. Alle werkers die zich in de Reehof op hun plaats voelden kenden de liefde voor het langzame en de vreugde van een miniem stapje vooruit. Het maakte de wereld tot een veilige plaats, zonder concurrentie en zonder teleurstelling. Het kwam Bouw goed uit. Het snelle proces kon hij aan z'n moeder overlaten, met haar grilligheid en haar overspannen verwachtingen van zijn carrière. Door de inrichting in te gaan hoefde hij geen chirurg te worden maar kon hij in alle rust een terrein betreden waar niemand enig idee van had, een verborgen pad dat kronkelend naar een hoge beleidsfunctie op het ministerie leidde.

Toen hij daar eenmaal achter zijn bureau zat moest hij toezien hoe de veranderingen die hij in de zwakzinnigenzorg in gang had gezet tot in het absurde werden doorgevoerd. De zwakzinnigen mochten geen zwakzinnigen meer heten, ze werden gehuisvest in de stad, moesten er opinies op nahouden en protesteren tegen discriminatie. De inrichtingen werden gesloten. Verplegers werden kameraden, lieten hun haar groeien en verachtten de strakke structuur die Bouw voor de pupillen zo heilzaam vond. Als inspecteur had hij gevochten tegen deze in zijn ogen zo verkeerde interpretatie van het begrip gelijkwaardigheid. Uiteindelijk werd het pleit beslecht door het slinken van de geldstroom. De verstandelijk gehandicapten, zoals ze nu heetten, gingen terug naar hun onderkomens in de bossen en werden daar verzorgd door begeleiders met een dienstrooster. Voor experimenten was geen geld meer. Iedereen had verloren.

Toen hij Wanda voor 't eerst zag was hij nog een geweldige schijterd. Tegen de penitenten durfde hij wel, op het inrichtingsterrein was hij de baas, maar als iemand hem te na kwam wist hij zich geen raad. Vriendinnen liet hij beleefd in de steek zodra ze wilden samenwonen of kinderen krijgen. Hij had zijn leven onder controle. Hij leefde maar half.

Tarascon. De groentekisten vol courgettes en druiven stonden bijna op de rijweg. Luid toeterend scheurde een auto over de smalle brug. Uit luidsprekers die overal aan huizen en lantarenpalen bevestigd waren, klonk keiharde muziek. Voorbij de kerk was de afslag naar Ax-les-Thermes. Er lag sneeuw op de bergen en de lucht voelde frisser aan.

Die herfstdag was hij geërgerd naar de Otter teruggelopen. Hij had de sleutels weer in z'n zak gestopt en foeterde op familie die hem wilde spreken op tijden dat het hun uitkwam. Waarom liet hij haar geen afspraak maken voor een andere dag? Misschien wilde hij niet naar huis, verborg hij zijn eenzaamheid achter een overdreven plichtsbetrachting. Nee, onzin, hij was gewoon benieuwd. Frank was een lastige patiënt. Hij kende de moeder, die eens per maand langskwam en altijd snel weer weg wilde. Een schichtige vrouw, die zich niet in haar kind kon verdiepen. Er was iets met haar, het lukte nooit een echt gesprek aan te gaan, ze had iets vluchtigs en prikkelbaars waar alles op stukliep. Haar bezoeken werden minder frequent en Bouw zocht haar niet meer op als ze op de afdeling kwam.

Frank leek het niet uit te maken. Hij zat in zijn hoek en bonsde met zijn hoofd tegen de gecapitonneerde muur. Hij schreeuwde, niet van pijn maar om zichzelf te vermaken. Eén keer had een verpleeghulp zijn aandacht weten te vangen door op haar blokfluit te spelen. Frank stopte met bewegen en draaide zijn hoofd naar het geluid toe. Hij lachte en was stil. Toen het meisje na een maand wegbleef verviel hij in zijn oude gewoontes. Elke poging om hem met getrommel of gezang te verleiden mislukte. Niemand van de vaste verpleegbezetting kon fluit spelen.

Hij hoorde de piano al toen hij het pad naar de ingang opliep. Hij opende de deur met zijn dienstsleutel en veegde zijn voeten. In de keukengang stonden broeder Theofiel en zijn hulpje Guus met de armen over elkaar de zaal in te kijken. Bouw kneep z'n ogen toe en zag meer mensen in de schemering staan. Hij kwam voorzichtig naderbij en volgde de blik van de verpleegsters die langs de muur stonden. Frank Wiericke lag onder de piano. Hij lachte. Hij sloeg zichzelf niet. Hij bonsde niet met z'n hoofd tegen de grond. Hij lag tevreden te luisteren. Toen het stil werd zei hij iets.

Bouw kreeg een dikke keel en moest knipperen met zijn ogen. Pas daarna keek hij naar de vrouw achter de vleugel. Haar jas hing als een sleep van de pianokruk af. Ze legde haar bleke handen tegen het klavier en boog zich vanuit haar middel opzij om Frank aan te kijken. Toen speelde ze weer, een langzaam en droevig stuk. Tussen al die stille mensen, in die krankzinnige omgeving, zat de vrouw en speelde voor haar broer, in het donker.

De kermisstad Tarascon met zijn malle torentje lag achter hem. Hij was het dal ingedoken dat hem naar Ax zou voeren en reed onder platanen die met hun gevlekte stammen breed langs de weg stonden. Na Ussat verwijdde de bodem van het dal zich. Aan zijn rechterhand ruiste de rivier hem tegemoet; daarachter rezen de bergen op, onverbiddelijk, ongenaakbaar en steil. Daar moest hij heen. Het was vier uur 's middags.

18

'Bouw. Bouw-bouw-bouw!'

Wanda laat zich giechelend achterovervallen en trekt de lakens op tot haar kin.

'Hoe kom je aan die naam? Vertellen!'

'Het is de schuld van mijn moeder,' zegt Bouw. 'Ze had iets met het Belgische vorstenhuis. De afkorting is van mezelf, toen ik ging praten. Ik heb het maar zo gelaten, je kan toch niet in ernst Boudewijn heten. Neem nou een kroket, hier is de mosterd.'

Wanda schuift omhoog. Ze leunen tegen de muur met de kussens in hun rug en eten patat uit papieren zakken. Als Wanda haar vingers af wil likken pakt Bouw haar pols. Hij neemt de vingers in zijn mond, een voor een, hij likt voorzichtig vet en zout van haar stevige hand. De onderkant van de pols met de aderen en pezen, de zachte huid die naar de binnenzijde van de elleboog voert wandelt hij af met lippen en tong; hij zuigt een vlek in de bocht van de arm, Wanda heft de handen boven haar hoofd en zijn mond glijdt naar haar oksel, hij blaast en bijt en kust.

'Wanda is ook een verschrikkelijke naam. Of mag ik dat niet zeggen?'

'Míjn moeder. Alles is operette bij haar. Het moet lekker klinken. Zij vond dat mooi, met die twee w's. Ik schaamde me er altijd voor. Ik had liever Laura geheten.'

Wanda slaat haar naakte armen om zijn hals en kust hem met vette mond.

Na het bezoek aan Frankie was Bouw met haar meegelopen door het park. Ze had getrild op haar benen. Voel je je wel goed, had hij gevraagd, je ziet bleek, kom in de auto, heb je wel gegeten?

In het restaurant hadden ze tegenover elkaar gezeten en verbaasd vastgesteld dat ze elkaar tutoyeerden. Bouw had verteld over Frankie, over het werk op de Reehof en de veranderingen van de laatste jaren. Hij luisterde aandachtig toen Wanda sprak over het leven met haar broer vroeger thuis; hij vroeg hoe dat voor haar geweest was, hoe zij zich voelde en wat zij wilde met haar leven en haar talent. Wat praat ik veel, had ze gedacht, het is de wijn, het is de zwakheid.

Hij bracht haar naar huis. Voor de deur zaten ze tot twee uur 's nachts in de auto te praten. Zijn relaties, haar affaires, alsof ze voelden dat die informatie later te veel pijn zou doen. Nu kon het nog.

Hij durfde haar nauwelijks ten afscheid te kussen, maar Wanda nam zijn gezicht in haar handen en zoende hem.

Pas een uur later stak ze de sleutel in het slot en leunde duizelig tegen de deurpost. Hij had de auto gestart, ze zwaaide hem na en liep bijna huppelend naar boven.

De etensresten hebben ze opgeruimd, het grote licht is uit, Bouw drinkt een biertje en Wanda water. Blauwig licht valt door de grote ramen. Hoog aan de hemel schuiven wolken langs de maan. Ze moet naar huis. Ze wil blijven. Ze doet haar ogen dicht en hoort Bouw het bierglas op de grond zetten. Ze luistert naar zijn ademhaling. Hij draait op z'n zij en Wanda duwt haar billen tegen zijn zachte geslacht. Hij zucht en legt zijn arm om haar heen.

Toen ze voor het eerst in Bouws huis bleef slapen, heeft ze van het huis niet veel gezien. Bij het tweede bezoek stond er een vleugel in de kamer.

'Ik heb er eentje voor je gehuurd, dan kan je je gang gaan als ik weg ben. Hoef je niet naar die school om te oefenen. Kan je hier vast wennen.'

Ze had gebloosd. Hij had haar een sleutel gegeven. Terwijl Bouw op de Reehof werkte zat Wanda in zijn huis te studeren.

's Avonds speelde ze hem voor wat ze die dag geoefend had. Ze aten in de stad of in het keukentje, gingen naar de film of naar bed. Ze hadden aan elkaar genoeg en misten niemand.

Nadat Wanda met onderscheiding haar solistendiploma gehaald had, ging ze studeren om een stipendium te krijgen voor studie in het buitenland.

Op een zaterdagmorgen komt ze hijgend het huis binnen met een bruine envelop in haar hand.

'Ik heb hem,' zegt ze tegen Bouw, die nog in bed ligt. 'Ik heb gewonnen. Ik moet nog een recital geven om mezelf te presenteren, met de jury erbij. Maar ik heb hem!'

Bouw zwijgt. Hij trekt haar in bed, met jas, schoenen en envelop. Hij rukt de kleren van haar lijf, hij drukt haar armen tegen de matras zodat ze niet bewegen kan, niet weg kan. Hij komt in haar zonder haar aan te kijken.

Later staan ze samen onder de douche en neemt hij haar druipende gezicht in zijn handen.

'Als je het echt zo graag wilt, moet je het doen,' zegt hij. 'Als je maar terugkomt.'

'Goed,' zegt Wanda.

'Na dat recital zou je toch een feest kunnen geven,' vindt Bouw. 'Dat mag je toch vieren, zo'n prestatie. Wat ben je van plan?'

Niets, niets is Wanda van plan. Ze moet niet aan een feest denken. Wie zouden daar moeten komen, waar moet ze het over hebben, hoe moet ze zich gedragen?

'Ik wil het liefste met jou, 's avonds. Geen andere mensen.'

Hij neemt een vrije dag als Wanda haar presentatie heeft. Na het applaus en de toespraken gaan ze naar huis en Wanda ziet dat de kamer veranderd is. Er staan glazen en flessen op het leeggeruimde bureau en er ligt een kleed op de vleugel; daarop borden en schalen met eten. Rechthoekige koperen pannen worden warmgehouden door blauwe vlammen. Het is zomer, de tuindeuren staan open naar het terras, waar Bouw stoelen en banken heeft neergezet. Wanda zet de bloemen die ze gekregen heeft in vazen en emmers.

De gasten komen, Wanda en Bouw staan samen in de deur en verwelkomen Biermans, Emma en Guido, medeleerlingen en jaargenoten, zelfs Lucas, zelfs Tsjak. Op het terras zit Joyce op een hoge stoel met haar enorme buik. Gonnie is gekomen, met Peter, die verlegen zijn vrouw aan Wanda voorstelt. Later op de avond wandelt het echtpaar Heidelberg binnen. Mensen van vroeger. Wat willen ze van haar? Wanda rilt. Lief van Bouw dat hij zoveel moeite gedaan heeft. Ze ziet hem praten met Emma, hij vult het glas van Guido, ook Biermans staat erbij. Gevieren kijken ze naar Wanda, ze heffen hun glazen en drinken haar toe.

'Kom even zitten,' zegt Joyce. 'Wat een lieverd is die dokter van je. Ben je blij?'

Wanda denkt na. De mensen komen, je praat met ze en maakt muziek met ze, je vrijt met ze en ineens zijn ze er niet meer en zijn er andere mensen met wie je praat en vrijt.

'Ik geloofde niet dat zo'n feest leuk zou zijn. Bouw heeft toch zijn zin doorgedreven. Is dat goed?'

'Ja, dat is heel goed. Geniet er maar van. Voel eens, hij beweegt!'

Joyce leidt Wanda's hand naar haar gespannen buik. Iets drukt van binnenuit tegen de buikwand, een voetje, een elleboog? Wanda trekt geschrokken haar hand weer terug.

'Je hebt schitterend gespeeld,' zegt Guido. 'Bij de Beethovenvariaties kreeg ik vochtige ogen, zo zuiver en eenvoudig deed je dat. Mijn complimenten, mijn dank!'

Wanda glipt weg, naar de keuken, waar Emma gerookte zalm op schalen legt. Ze moet het vragen, ze moet het meteen goed zeggen anders snapt Emma het niet. Denkt ze aan meneer De Leon omdat ze gespeeld heeft? Of omdat ze nu met Bouw is? Wat wou ze eigenlijk zeggen?

'Mama, heb je dat ook? Ik dacht aan vroeger.'

'O liefje, doe even de kraan voor me open, ik heb zulke vishanden, ja? Dank je!'

Emma wast haar handen en kijkt haar dochter aan.

'Op zo'n dag als vandaag moet je niet aan vroeger denken. Jij tobt altijd zo! Kijk toch eens naar hoe je leven er nu uitziet, met zo'n prachtige carrière en zo'n lieve vriend. Zet vroeger maar uit je hoofd, kind, dat doe ik ook.'

Lucas komt de keuken in en snaait zalm van de schaal.

'Als je in Londen door een orkest wordt uitgenodigd zeg je dat je je eigen dirigent meeneemt, ja? Je bent een bofkont, dat je die beurs gewonnen hebt! Wanneer ga je?'

Blij moet ze zijn. Over hoe ze gespeeld heeft is ze ook tevreden. Ze heeft een prijs gewonnen, een beurs gekregen. En toch.

'In september begin ik. Ik ga ook kamermuziek doen. En drie recitals, dat staat al vast.'

Of moet ze hier blijven, bij Bouw? Joyce zegt van wel, Biermans zegt van niet. Niet over nadenken nu. Alles zal gaan zoals het gaat, ze kan er niets aan doen.

In de tuin geuren de rozen en het pas gemaaide gras. Bouw geeft haar een nieuw glas koele wijn en vertelt dat het feest een succes is. En toch, denkt ze, en toch.

Er komen brieven uit Londen. Meneer Curzon verwacht haar eind augustus. Er is een appartement met piano en keuken voor haar gereserveerd in een huis dat bij de universiteit hoort. Met de andere prijswinnaars, een Zwitserse cellist en een violist uit Spanje, wordt ze geacht een trio te vormen. Er zijn concerten gepland. Ze zet haar handtekening onder het contract.

'Ik kom je opzoeken,' zegt Bouw. 'Zeker eens in de maand. En jij komt hierheen. We verliezen elkaar niet.'

Wanda heeft geen twijfels zolang ze achter de piano zit. Studeren. De hele dag ongehinderd aan haar techniek werken. Nieuwe stukken ontdekken, andere ideeën horen, zich meten met betere muzikanten. Als Bouw 's avonds thuiskomt is haar gezicht rood van inspanning en opwinding. Ze kletst over haar plannen en lijkt al half in de nieuwe stad te leven.

Bouw zwijgt. Na het eten gaan ze naar Joyce. Wanda heeft een beer gekocht die ze naar de baby gaan brengen. Joyce ligt op de bank met haar dochter in haar armen. Het kindje heeft albasten oogleden, het heeft zojuist gedronken en slaapt vredig. De kleine lippen maken geluidjes van verzadiging. Wanda raakt de baby niet aan, ze wil haar niet op schoot hebben. Het kind is van Joyce. Ze is haar vriendin verloren.

'Ik vind dat zo prachtig,' zegt Bouw op de terugweg in de auto. 'Een moeder met een kindje. Zie je hoe Joyce er helemaal in opgaat? Verlang jij daar wel eens naar?' Wanda schudt nee.

Twee koffers pakt ze in, een met kleren en een met muziek. Over een week is het zover. Bouw is moe en snel geërgerd. Hij begrijpt niet dat Wanda geen afscheid nemen wil van haar moeder. Hij wil een etentje organiseren, maar Wanda heeft geen tijd.

'Ze gaat jou missen, net zoals jij haar mist,' legt hij uit.

'Maar ik mis haar helemaal niet,' zegt Wanda. 'Als ik daar ben, mis ik niemand. Dan speel ik.'

Bouw loopt met een strak gezicht naar de openstaande koffer.

'Dat is het precies! Jij mist niemand! De meeste mensen doen daar moeite voor, ze nemen foto's mee en dierbare dingen. In jouw koffer zit alleen werk. Niet de boeken die je van mij hebt gekregen. Niets van ons om daar bij je te hebben. Je kan het gewoon niet.'

Wanda schrikt van zijn uitval. 's Nachts probeert ze hem te troosten. Ze begrijpt hem niet. Hij zucht in haar haar.

'Ik weet niet wat het is. Ik kan me niet voorstellen dat het misgaat met ons, en toch ben ik ongerust. Misschien ben ik jaloers op je. Dat je nog een tijd kan studeren zonder je vast te leggen. Nee, dat is het niet. Ik zou je piano willen zijn.'

'Maar ik speel op alle piano's,' zegt Wanda. 'Bechstein, Bösendorfer, Steinway, de erbarmelijkste vleugels of de mooiste. Ik ga erachter zitten en ik speel.'

De winkelpuien in Londen zijn geschilderd in een kleur donkergroen die bijna zwart is. Daarop de naam van de eigenaar, in goud geschreven. Wanda woont vlak bij het British Museum, waar iedereen gratis in mag en waar het in de uitgestrekte gangen en zalen nooit druk is. Er is een afdeling met manuscripten. Een strijkkwartet van Mozart ligt in een vitrine. Zijn hand is over dat langwerpige blad geschoven, hij heeft de noten tussen de smalle balken getekend, hij heeft het thema bedacht dat vandaag nog overal gespeeld wordt.

Er zijn drie appartementen in het huis. Wanda woont beneden, haar piano staat in een in de tuin aangebouwde kamer. Het is er koud. Boven haar woont de cellist uit Zwitserland. De violist huist op zolder. Zonder te hoeven wennen valt ze in het Londense leven. Zij studeert nieuwe stukken en oude stukken opnieuw. Haar leraar, een keurige, gezette heer met natgekamd haar en een scheiding, helpt haar contact te leggen met een impresariaat. Zij neemt haar concertjurk mee bij het volgende bezoek aan Holland.

Met de Zwitser oefent zij een Beethovenprogramma. Ze begrijpen elkaar zonder veel te hoeven zeggen. Hij spreekt slecht Engels en Wanda nauwelijks Duits. Geen verbinding is zo hecht als die tussen cello en piano, omdat het hart van de toonhoogte bij beide instrumenten in hetzelfde gebied ligt. Ze moeten voor elkaar terugtreden, anders wordt de een door de ander verdrongen; als ze zich verenigen is de klank zo intens dat hij in het lichaam van de spelers doortrilt. Hij is een jongen met een kop vol krullen, uit een groot gezin. Voor het eerst is hij zo ver van huis. Lachend zit hij in Wanda's achterkamer met zijn brede instrument tussen zijn knieën. Van het spelen worden ze warm en van de prachtige melodielijnen, die zo intiem door elkaar heen lopen, opgewonden en overmoedig. Met cello en strijkstok in de linkerhand buigt hij zich over het klavier om in de pianopartij te kijken. Zijn rechterhand raakt Wanda's schouder. Warmte straalt van zijn lichaam naar haar gezicht.

Bouw komt; ze verblijven een weekend in een hotel omdat Wanda's bed te smal is. Hij hoort niet in een studentenhuis. Als hij haar ophaalt, geeft hij de cellist in de gang een hand en stoort zich onmiddellijk aan de vioolgeluiden van boven. Handenwrijvend beent hij heen en weer door Wanda's kille kamertjes. Hij wil eruit.

Wanda denkt aan de repetities met de Zwitser en vindt het ook beter om de dingen gescheiden te houden. Ze loopt dicht tegen Bouw aangedrukt langs de rivier. Ze nemen een taxi naar Kenwood House om Rembrandts zelfportret te zien. Ze zitten een hele middag tegenover elkaar in een rustig café. Ze weet het weer: zo moet het zijn, bij deze man hoort ze thuis. Hoe kan ze het dan met Thomas gedaan hebben? Ze is achter hem aan gelopen, de trap op.

Hij droeg de cello hoog voor zich uit. Hoe is ze in het smalle jongensbed terechtgekomen, en waarom? Niet aan denken, het is niet gebeurd als zij er niet aan denkt. Het komt door het spelen. Elke spier, alles van je lichaam voel je, de hele dag ben je je bewust van armen, billen, buik. En hij ook. Niet meer aan denken. Het is niets.

Ze varen met de boot naar Greenwich. De zon komt door de novemberwolken en beschijnt de pakhuizen, de paleizen en het onrustige water. De witte gebouwen liggen perfect gerangschikt aan de voet van de heuvel. Ze dwalen door het voormalige ziekenhuis, klimmen naar het Observatorium en bekijken de kaarten van Cook in het museum. Het is een middag zonder kreukels en vouwen, het is zoals het moet zijn.

Op de terugweg staan ze in de wind aan dek.

'Ik ben dertig,' zegt Bouw. 'Ik gun je alles, maar dit is niet goed. Kan je na Kerstmis niet weer terugkomen?'

Zijn ogen tranen van de wind. Hij is een toerist die hier niets te zoeken heeft.

'Ik wil een huis kopen, ik wil met je trouwen. Ik wil je graag bij me hebben.'

Wanda knikt.

Toch duurt het nog tot de vroege lente voor ze haar beide koffers weer inpakt en vertrekt. In het nieuwe huis heeft Bouw een grote kamer voor haar ingericht. Alle muziek ligt op planken langs de muur en midden in de kamer staat de vleugel, het terugkomgeschenk, het huwelijkscadeau, het offer.

Concerten krijgen is hier minder makkelijk, maar dankzij haar Londense impresario krijgt Wanda voet aan de grond en speelt ze regelmatig. Haar Engelse verplichtingen handelt ze af door snel met het vliegtuig heen en weer te reizen.

Wanda ademt diep uit. Ze is thuis.

19

Terwijl ze sliep begon de ziekte langzaam in haar botten terug te kruipen. De heilzame invloed van de zwavel was uitgewerkt en in de gewrichten begon zich vocht te verzamelen tussen beenvliezen en bindweefsel. Het lichaam wilde zich omdraaien en boog een knie, probeerde een elleboog van positie te laten veranderen. Pijn schoot omhoog en prikte door de slaap heen. Het was vier uur 's morgens en Wanda werd wakker met stijve ledematen.

De reumatiek was het touw waarmee ze op dit erf vastgebonden was. Als een geit stond ze op haar stukje land en het touw bepaalde hoe ver ze lopen kon. Erg? Welnee. Ze had genoeg gelopen, gerend en gesprongen. Na haar huwelijk was ze een vluchteling geworden.

Ze legde de pijnlijke handen onder haar nachthemd op haar buik en strekte voorzichtig haar benen. De bergen waren al iets zwarter dan de lucht erboven. Straks zou de zon komen. Ze zou in bad gaan, ze zou kleren aantrekken die op hun vaste plaats in de kast lagen, ze zou gaan zitten op het balkon, in de stoel waarin ze altijd zat.

Nooit meer leven uit een koffer. Als die al met het vliegtuig meegekomen was. De muziek had ze altijd in een schoudertas bij zich gedragen, maar jurk, schoenen en tandenborstel had ze wel eens moeten lenen of haastig aanschaffen in een vreemde stad. De koffer was nooit zwaar geweest. Tillen is het slechtste wat je je handen kan laten doen, ze gaan krom staan om het handvat, het gewicht trekt aan de spieren zodat die doodmoe worden en niet meer willen bewegen.

Dingen die niet willen. Een sleutel die niet past op de daarvoor bestemde hotelkamerdeur. Een taxi die zich niet door het verkeer kan wringen. Een zaalverwarming die niet aanslaat. De mensen wilden maar al te graag. De gretige impresario, de directeur van de concertzaal, de pianostemmer – allemaal waren ze blij als Wanda kwam. De dirigent, de journalist, het kleine meisje met het programma waar een handtekening op moest. Praten. Iedereen wilde praten. Het leek of ze al die mensen al jaren kende. Ze speelde mee in een toneelstuk waarvan ze de regels niet snapte. Ze deed het maar, want iedereen deed zo, zij zouden wel weten hoe het moest. Toen ze zo leefde vond ze het niet erg, ze dacht er niet over. Ze verloor dingen: een goede nagelschaar, een vest waar ze aan gehecht was, een boek, een sjaal. De boeketten die ze kreeg liet ze in het hotel staan. Het kon haar niet schelen, het hoorde zo. Uitrusten deed ze in weer andere hotels, of in gehuurde huizen waar ze na twee weken alweer onrustig werd. Van de steden waar ze was kende ze de plattegrond niet en ze had geen idee van het geld in haar portemonnee. Na het concert dronk ze wijn aan een gedekte tafel, iedereen lachte, de dirigent en zij kregen nog wat te eten, hij pakte haar hand onder het tafelkleed alsof hij haar minnaar was. Er klopte niets van. Ze dacht aan Brahms. Ze maakte ruzie om 's morgens een paar uur te kunnen spelen in de zaal, ze slijmde met de pianostemmer om haar zin te krijgen en ze liet zich ieders geklets welgevallen. Ze concentreerde zich op het concert en vergat de paraplu, de handschoenen en de mascara. Hele bergen post heeft ze verloren, geschenken en souvenirs. Nu betreurde ze het al wanneer ze haar lievelingsbord brak.

Ze glimlachte in zichzelf en stond op. Als een gevaarlijk dier was de vleugel in de kamer opgesloten. Wanda maakte omtrekkende bewegingen om het instrument heen, zachtjes en voorzichtig, als om geen aandacht te trekken. Het was nog koel op het balkon en op de blaadjes van de salieplanten lagen zilveren druppels. Ze steunde haar armen op de muur en keek naar de bergen.

Waarom zou ze vanochtend niet achter de piano gaan zitten om te kijken hoe dat voelt, dacht ze. Of kon dat niet meer nu ze de hele dag aan het denken was? Vroeger dacht ze nooit, in elk geval niet in woorden, zoals de anderen. Ze had klanken in haar hoofd. Door steeds in tonen te denken moest ze het bouwwerk van fuga's, sonates, nocturnes en etudes in stand houden. Dat was haar huis en daar zorgde ze voor. Haar muziekgedachten stonden haaks op het weefsel van woorden dat de anderen maakten. Alleen op de piano sprak ze zich uit. Haar enige hoop om iemand te bereiken lag in die klanken. Vroeger.

Door het gangraam keek Wanda uit over het dorp. De deur van het hotel stond open en in de keuken waren de lichten aan. Ze nam haar wandelstok en liep de weg af. In het hotel rook het naar koffie. Françoise, de eigenares, stond in de deur naar de keuken met stokbroden onder haar arm. Ze droeg een blauwgeruite schort en begon te praten zodra Wanda binnenkwam. Al sprekend droeg ze brood, boter en bramenjam aan. Ze schonk koffie in en ging tegenover Wanda zitten.

Zoals Wanda sonates in haar hoofd herhaalde, zo moest zij verhalen vertellen. Steeds weer stierf haar moeder na een leven van armoede en hard werken. Iedere keer weer bracht haar vader 's nachts in het geheim vluchtelingen de grens over, langs een weg die alleen hij kende: kleine kinderen, vrouwen met dunne dansschoenen aan, uitgehongerd en bang. Steeds weer zweeg haar vader bij thuiskomst en in elk verhaal schoten verraders hem neer. Samen zongen Wanda en Françoise iedere keer het refrein: dat de oorlog mannen stukmaakte en vrouwen de ziel uit het lijf rukte.

De postbode kwam binnen en zette zich bij de vrouwen aan tafel. In de zwartleren tas zocht hij naar de stapel rekeningen voor het hotel. Zuchtend en klagend schonk Françoise hem koffie in.

'Zal ik u ook de post maar geven, mevrouw? Dat scheelt een loopje naar boven.'

Een rekening van de pianofirma in Toulouse. Een krant uit Nederland. Een brief met een vaag bekend handschrift:

In verband met mijn werk ben ik de komende week in de Pyreneeën. Als je het een goed idee vindt zou ik je graag ontmoeten. Denk er eens over, ik neem nog contact met je op.
Bouw.

20

Om kwart voor zeven gaat de wekker aan Bouws kant van het bed. Hij kreunt en draait zich om, schuift dicht tegen Wanda aan, tegen haar warme, zoet ruikende lichaam.

'Je moet eruit, je moet gaan werken,' fluistert ze in zijn hals. Ze trekt haar benen op en probeert hem het bed uit te duwen.

'Even nog,' zegt Bouw. 'Ik zie je vanavond pas weer.'

De worsteling wordt een omhelzing. Ze vrijen. Dan springt hij op, trekt de gordijnen open en beent naar de badkamer.

Wanda kruipt onder de dekens, waar het naar zweet en zaad ruikt. Bouw zingt onder de douche. Hij komt naakt de kamer in, Wanda bespiedt hem tussen haar oogharen door – de Toccata van Schumann. Sterk, compact, barstend van kracht. Zijn zaad plakt tussen haar dijen. Hij gaat weg, naar Frankie en de broeders. Als ze zich vanmiddag bukt zal ze hem ineens uit zich voelen vloeien. En vanavond hoort ze zijn auto aankomen. De motor zal afslaan, het portier zal dichtknallen, en dan staat hij in de keuken. Hij komt altijd terug.

Zijn overhemd van gisteren ligt op de grond en Wanda trekt het aan. Ze wil de hele dag zijn bittere lucht tegen haar lijf hebben; het hemd is zacht en soepel wanneer het een dag door Bouw gedragen is. Het voelt koel tegen haar tepels en het is zo lang als een jurkje. Ze zet haar vingers in haar krullen en wrijft de hoofdhuid. Uit de keuken klinkt muziek. Met hooggeheven benen danst ze erheen.

Bouws haar is plat over zijn hoofd gekamd. Zijn gezicht glimt en hij is glad geschoren. Voor Wanda heeft hij een boterham geroosterd en besmeerd met boter en honing. Zijn tas staat bij de deur. Wanda brengt haar koffie naar haar mond, de geur slaat haar onverwachts als vreemd tegemoet en ze onderdrukt een kokhalzende beweging. Van de boterham kan ze geen hap naar binnen krijgen.

Langzaam smelt de gouden boter op haar brood. De wijzers van de keukenklok kruipen van streep naar streep. Straks staat hij op, doet hij zijn jas aan, gaat hij weg. Een enorme vermoeidheid maakt al haar spieren slap, ze hangt op haar stoel, ze kan nauwelijks overeind blijven. Ga nu, ga nu maar.

Als hij 's avonds thuiskomt, zit Wanda fris gewassen achter haar piano, in spijkerbroek en met blote voeten op de pedalen.

'Verrassing! Na je concert neem ik vakantie. We gaan onze huwelijksreis inhalen, mevrouw Kraggenburg! Speel nog maar lekker door, ik ga Italiaans koken, dat duurt wel even.'

Hij laat de deur openstaan. Wanda zoekt haar Scarlatti, om in de sfeer te blijven.

Bouw trekt een reisgids uit de boekenkast en leest haar voor. Orvieto, San Gimignano, Siena.

Het lamplicht glanst op zijn haren. Zij zijn getrouwd. Hij was boos dat ze geen huwelijksfeest wilde maar hij heeft haar niets opgedrongen. Toen ze uit het stadhuis kwamen zijn ze naar zee gereden. De hele dag hebben ze gelopen. Er stond een zoute wind die schuim over het zand blies. Ze gingen uit eten in het havenrestaurant; daarna sliepen ze in hun eigen bed.

'Je kan toch wel een dag of tien weg? Of word je daar onrustig van, is het te lang?'

'Heerlijk,' zegt Wanda. 'Ik denk dat ik wel twee weken zonder piano kan. Met jou. Dan begin ik daarna aan het programma voor Amerika. Tijd genoeg. Je hebt het precies goed gepland.'

Bouws gezicht verstrakt. Hij laat het boek in zijn schoot vallen en kijkt haar aan. 'Wil je echt die tournee gaan maken? Twee máánden, dat is wel erg lang.'

'Het moet,' zegt Wanda. 'Als ze je zoiets vragen moet je het gewoon doen.'

'Als het daar goed gaat wordt het alleen maar erger, dan moet je volgend jaar wéér.'

Wanda knikt. Het staat buiten hen. Ze moet spelen, ze moet overal spelen, ze moet laten horen hoe het klinkt, wat ze in haar hoofd heeft. Het is het enige wat ze kan, het enige wat ze zeker weet. Het moet.

'Kind, wat fijn voor je, zo'n mooie uitnodiging. Wat een éér!'

Emma straalt. Ze is dik geworden, denkt Wanda, dik en vrolijk. Heel anders dan vroeger. Dat komt door het zingen, door Guido, door het nieuwe leven. Dit is mijn moeder. Ze is trots op mij.

'Maar eerst op reis naar Italië,' zegt Guido, met zijn diepe basstem. 'Heerlijk eten kan je daar. Niet alleen naar het museum gaan, hoor!'

Ze zitten om de keukentafel bij Emma thuis. Guido heeft een enorm schort voorgebonden en loopt van het fornuis naar de tafel heen en weer. Hij heeft fazanten gebraden die hij in een bedje van zuurkool opdient. Een nieuwe braadpan, ziet Wanda. Een nieuw servies en andere keukenstoelen. Het aanrecht is nog van vroeger. De vriend van haar moeder beweegt zich in de keuken alsof hij er hoort. Hij hoeft niet naar gereedschap te zoeken en ruimt op terwijl hij kookt.

Na het eten doen Emma en Wanda de afwas. Bouw heeft zich met Guido in de kamer teruggetrokken om nog wat te drinken. Waar hebben ze het over? Auto's? Vrouwen? Vrouwen die tournees maken?

Op Emma's handen staan ronde kussentjes van vet. Ze schuift met moeite de ringen van haar vingers en legt ze in het zeepbakje. De smalle gouden band van Egbert is er niet bij.

'Die is te nauw geworden,' zegt Emma, terwijl ze Guido's schort voorbindt. Haar gezicht is rood als ze weer opkijkt. Met haar handen in het sop begint ze ineens te praten.

'Met de zeepklopper, weet je nog? Een stuk grijzige zeep erin, en dan slaan tot het water vlekkerig werd. Ik vond het altijd stinken. Er is zoveel ellendigs gebeurd in deze keuken. Het ligt gelukkig achter ons, iedere dag ben ik daar blij om. Je vader was een moeilijke man. Er was wel reden voor, zeker. De oorlog. Een gestoord kind. Bouw is goed voor je, je kan gewoon je werk doen, dat accepteert hij. Ik ben met zingen opgehouden toen Frank geboren werd.'

De borden, het zilver. Emma beziet haar bezige handen. Wat praat ze toch, denkt Wanda. Anders zegt ze nooit zoveel, en zeker niet over hoe het vroeger was.

'Heb je spijt dat je kinderen hebt gekregen?'

Wanda schrikt van haar eigen vraag. Zorgvuldig droogt ze de glazen. Ze draait zich met haar rug naar het aanrecht om ze op tafel te zetten.

'Het ging gewoon zo,' zegt Emma. 'Achteraf kan je er van alles van vinden, maar het ging zoals het ging. Het is niet makkelijk geweest, dat is zeker. En door de oorlog werd alles verschrikkelijk. Je vader was onmogelijk, hij had zulke ideeën, hij was bang. Ik mocht het huis niet uit. Het was koud. Het ergste vond ik dat alles zo smerig was, dat was nog erger dan de honger. Jij had je piano, godzijdank kon jij Frank stil krijgen. Als je het me eerlijk vraagt: het was een hel.'

'En toen je zwanger was, mama?'

Emma zwijgt. Ze poetst verwoed met een pannenspons in de braadpan.

'Hij heeft het zo laten aanbakken, ik krijg het gewoon niet schoon!'

'Mama?'

'Ach kind, ik weet het niet meer. Die jaren zijn zwaar geweest voor iedereen. We moeten het laten rusten.'

Het afwaswater kolkt weg. Flinters fazant en slierten kool blijven achter op de tegeltjes. Schuimbellen, vetranden. Emma kwakt de viezigheid in de afvalbak en schrobt de gootsteen met de afwasborstel tot de stenen blinken.

★

Het grote plein van Siena ligt als een warmrode schelp in de zon. Ze zitten op de rand van de fontein; Bouw leest in zijn reisgids en Wanda kijkt met half dichtgeknepen ogen naar de huizen rondom. Ze strekt haar benen voor zich uit, ze heeft haar sandalen uitgedaan en beweegt haar tenen. Eeuwig hier blijven zitten, in deze stenen handpalm, in dit licht.

'Daar, aan de overkant, daar gaan we heen,' zegt Bouw.

Ze slenteren hand in hand naar het paleis dat aan de voet van het schuin aflopende plein ligt.

Ze moeten zich bij een groep toeristen aansluiten; een mooi opgemaakte vrouw die een stapel papieren draagt praat tegen hen in een vreemd soort Engels. Zij voert het groepje door een gang naar een grote zaal met beschilderde wanden en vertelt ondertussen snel en ratelend over de geschiedenis van het paleis. Bouw heeft zich van de groep losgemaakt en loopt langs de muren, turend in zijn gids. Wanda doet een paar stappen naar achteren. Laat dat mens haar mond houden. Het interesseert haar niets wat ze allemaal uitlegt. Het is aangenaam koel in de stenen ruimte. Ze slaat haar ogen op en ziet het fresco met de man, een ruiter op een paard die door de nacht rijdt, van de ene stad naar de andere. Hij draagt een wijde mantel, hij kijkt droef en vastberaden.

De ratelende vrouw wil dóór, de groep verdwijnt door een poort en Bouw wenkt haar om mee te komen. Wanda schudt haar hoofd en gaat op de bank tegenover de muurschildering zitten.

Hij heeft andere dingen aan z'n hoofd, de ruiter, belangrijke dingen. Hij kan niet gezellig in de veilig ommuurde stad blijven. Misschien hebben mensen nog geprobeerd hem op andere gedachten te brengen. Blijf toch, eet dit smakelijke eten op, luister naar ons – maar hij kijkt door hen heen, het is of hij hen niet hoort. Hij moet gaan, alleen met zijn paard door de kobaltblauwe nacht, en niemand kan hem tegenhouden. Of toch? Als de tocht langer en langer duurt, als de stad in de verte niet dichterbij kan komen, zou hij dan zijn vastberadenheid niet verliezen? De sterren schijnen met kille, zilveren glans en het is koud. Iemand zou zingend de ruiter en zijn paard tot staan kunnen brengen. Dan zou hij misschien rechtsomkeert maken en terugrijden om degene te zoeken die zo onweerstaanbaar zong.

Misselijk. Ze had die taart niet moeten eten. Even de ogen dicht, even helemaal stil, de gedachten stopzetten. Een hand tegen het koude marmer leggen, en dan tegen het voorhoofd.

Na een eeuwigheid, een dag, een kwartier komt Bouw op haar toegelopen. Wanda kijkt verrast op, alsof ze hem niet meer verwacht had. Zonder nog ten afscheid naar de ruiter te kijken lopen ze samen het plein weer op.

★

Wanda is niet uitgerust van de Italiaanse reis. Als zij 's morgens aan haar oefeningen begint is zij soms zo moe dat ze haar armen nauwelijks naar het klavier kan brengen. Ze gaat even liggen en wordt wakker als de zon alweer daalt. De slaap trekt aan haar als een sterke stroom, de hele dag. In de badkamer plenst ze koud water tegen haar gezicht, over haar polsen, in haar hals. Ze ziet zichzelf in de spiegel: diepliggende ogen en dof haar. Ze schudt haar hoofd om de sluier van lethargie af te werpen, ze dwingt zichzelf om hard stampend door het huis te lopen in de hoop haar oude, stevige zelf met de felle ogen terug te vinden. Voor ze het weet ligt ze op de bank en slaapt.

Vitaminegebrek, zegt Bouw. Hij perst sinaasappels voor haar uit en neemt suppletietabletten voor haar mee uit de inrichtings-apotheek. Mevrouw W. Kraggenburg, driemaal daags, staat erop. Grote pillen met een stroachtige geur.

'Eigenlijk wil ik niet zo heten,' zegt Wanda.

Bouw kijkt geërgerd.

'Wat een onzin. Natúúrlijk heet je zo. Waarom zou je de naam van je vader houden? Zo gek was je niet op hem. Je bent nu met míj getrouwd, dat mag iedereen weten.'

Hij reikt haar bruusk een glas water aan.

Wanda slikt de pillen.

Beelden van Egbert schieten door haar hoofd, ze ziet hem met Frank op de grond zitten, hij strekt zich uit naar een rode bal. Ze moet weer voor Frank gaan spelen, denkt ze, het is alweer lang geleden. Maar ze is zo moe.

'Veel beter als je het gewoon afzegt.'

Ineens hoort ze Bouw weer. Hij heeft het over de tournee. Hij wil het niet.

'Je gaat maar door. Twee weken vakantie zijn niet genoeg. Je zou eens echt rust moeten nemen. Je lichaam protesteert, dat merk je toch? Ik vind die concertreis te lang en te vermoeiend voor je.'

'Maar het duurt nog maanden,' zegt Wanda. 'Máánden!'

Met een ruk gaat Bouw rechtop zitten. Hij kijkt Wanda gespannen aan. Dan springt hij overeind en schreeuwt: 'Jezus! Maanden! Wanda! Je bent zwanger!'

Dat is het dus. Dáárom slaapt ze de hele dag. Dáárom wordt haar aandacht, die ze altijd moeiteloos op de muziek kon richten, onweerstaanbaar naar haar lichaam gezogen. Dáárom.
Wanda weet meteen dat het waar is. Maar toch.
'Ik? Zwanger? Dat kán niet.'
Ze legt haar handen op haar gezwollen borsten, op haar buik.

Haar slaapzucht is verdwenen. Ze staat iedere morgen tegelijk met Bouw op en eet drie boterhammen. De hele dag heeft ze honger. Ze smijt de inhoud van de klerenkasten op de grond en ruimt alles weer op, in ordelijke stapeltjes. Ze fietst naar Joyce. Ze studeert het eerste concert van Beethoven en dat van Mozart in A-groot. Haar geluksgevoel borrelt over in de muziek en ze komt tot snelle tempi en vrolijke interpretaties.
'Je hebt het zeker afgezegd, nu,' zegt Bouw. 'Je kan moeilijk met zo'n buik door Amerika reizen. Ik heb trouwens een afspraak voor je gemaakt bij Van Beek. Een prima gynaecoloog, en een aardige man. Die zal goed voor je zorgen.'
Een gynaecoloog. Wanda schrikt, denkt aan de onmogelijke onderzoekshouding achterover op de bank, de billen zo ver mogelijk naar voren geschoven, de knieholtes tegen het koude staal van de beensteunen, de benen wijd uiteen, plaatsgevend aan de dokter, die zijn plastic hand naar binnen steekt, die een glimmend apparaat pakt waarmee hij haar open zal spalken om in haar allerbinnenste te kunnen turen.
Dokter Van Beek draagt een bril die zijn ogen vergroot. Hij kijkt haar vriendelijk aan en vraagt haar hoe ze zich voelt en of ze blij is met de baby. Ze hoeft niet met de benen wijd, hij wil het kindje met rust laten zegt hij. Zijn warme handen drukken kort op haar buik en hij knikt tevreden. Wanda moet op de weegschaal en mag zich dan weer aankleden. In zijn tuin loopt een glooiend grasveld af naar een water waar een grote wilgenboom staat.
Hoe oud Emma was toen Frank geboren werd, vraagt Van

Beek. Hij krabbelt iets op een kaartje en maakt een afspraak voor over een maand.

'U mag alles doen waar u zin in hebt, u bent een gezonde, jonge moeder. Groeten aan uw man; tot de volgende keer!'

Hij pakt haar hand en legt zijn andere hand tegen haar schouder. Wanda danst de gang uit.

De post brengt een brief van het Hollands Strijkorkest. Er zit een voorlopige repetitielijst in en een reisschema. Een week voor het vertrek beginnen de repetities. Er zijn twee programma's. Ze zal Beethoven en Mozart spelen, onder dirigent Samuel Silberman. Over precies een maand zal ze met haar muziektas naar de repetitie reizen, met Silberman over het tempo overleggen, kennismaken met de concertmeester. Het is langs haar heen gegaan, ze weet het maar ze weet het niet. Ze laat de brief op haar schrijftafel liggen en gaat achter de piano zitten.

Op zaterdagmiddag lopen ze door de duinen, ze rennen door het mulle zand naar beneden en glijden het strand op. Ze vallen en blijven liggen, dicht tegen elkaar aan. Dan draagt Bouw haar naar het water en wandelen ze langzaam over het harde zand. Hij heeft zijn arm stevig om haar heen geslagen, de steken in haar zij nemen af en verdwijnen. Hij staat stil en kust haar. 's Avonds in bed ver-zinnen ze namen voor het kind, ze bedenken een uiterlijk, haarkleur, lichaamsvormen. Ze fantaseren een karakter en een le-vensloop. Een dochter, denkt Wanda. Ze zal op Bouw lijken en uit mijn borsten drinken.

Op zondagochtend gaat Bouw zijn moeder bezoeken. Wanda wil studeren. Zij voelt zich in het grote Haagse huis niet op haar gemak en kan de conversatie van de oude dame niet bijbenen. Bouw dwingt haar niet, hij streelt haar haren en laat haar alleen.

Tijdens het spelen lijkt het of haar buik om aandacht vraagt. Een zeurderige pijn zoals vroeger als ze ongesteld ging worden. Op de wc ziet ze een bloedvlekje in haar broek. Dat kan niet. Hadden we niet zo fel moeten vrijen gisteren? Even naar bed. Een kruik. Tegen de buik leggen. Knieën optrekken. Ver weg onder de dekens.

Als Wanda wakker wordt is het al donker. Ze stapt voorzichtig uit bed en voelt zich draaierig. Haar rug doet pijn en haar liezen ook. Ze moet zich vasthouden aan een stoel om niet om te vallen. In de spiegel van de klerenkast ziet ze haar gezicht: grijzig wit. Haar schouders steken spichtig omhoog. Het licht op de gang is uit, in het schemerdonker loopt ze naar beneden. In de kamer zit Bouw bij de tafel in een stapel papieren te kijken. Hij kijkt op als ze binnenkomt. Wanda leunt tegen de deurpost.

'Wat is dit?' vraagt Bouw. Hij wijst op een papier. Hij blijft aan tafel zitten.

'Je had die tournee toch afgezegd? Dat hebben we toch al lang geleden afgesproken?'

Het reisschema. Hij heeft de papieren van het orkest gevonden. Wanda slaat haar armen om haar middel.

'Hoe stel je je dat eigenlijk voor?'

Bouw vraagt het op een toon die antwoorden onmogelijk maakt. 'Zou je dit soort dingen niet eerst met mij overleggen? Weet Van Beek ervan?'

Hij tilt het reisschema op tussen wijsvinger en duim. Dan laat hij het uit zijn greep los en dwarrelen de papieren op de grond.

'Ik wist het niet,' zegt Wanda. Ze schraapt haar keel; het is of de woorden er niet uit willen komen.

'Hier staat het anders heel duidelijk op. Hoezo, je wist het niet? Je bent al weken je programma aan het voorbereiden. Je wist het best! Je zou het hele circus afbellen, al maanden geleden!'

'Ik vergat het.'

'Godver. Wanda. Dat kán toch niet. Je wéét toch wat je doet. Twee maanden in een bus door Amerika scheuren. Spanning. Te kort slapen. Beroerd eten. Vijf, zes maanden zwanger. Denk toch eens na!!'

Bouws gezicht is rood aangelopen. Zijn lippen trillen. Hij blijft maar zitten. Tussen Wanda en hem strekt de grote tafel zich uit, het lamplicht glimt als water op het glanzende hout.

'Maar ik wil spelen. Ik heb het afgesproken. Ik moet het doen.'

Wanda hoort zichzelf praten. Het suist in haar oren. Ze probeert haar rug recht te houden. Pijnscheuten trekken van de rug naar de benen. Ze zet haar voeten stevig tegen de grond.

'Niet weggaan,' zegt Bouw. 'Ik heb me er zo op verheugd dat je thuis zou zijn. Met je dikke buik. Dat we alles voor het kind in orde maken. Samen. Je moet niet gaan. Bel ze morgen op. Dat ze een ander nemen. Op medische indicatie kan je je contract verbreken. Wanda?'

Wanda maakt zich los van de deur. Ze doet twee stappen de kamer in.

Langs de binnenkant van haar dij kruipt iets warms, iets nats. Ze kijkt naar beneden. Op de lichte houten vloer ligt bloed. Bloed druppelt uit haar en petst tegen de grond in ronde vlekken met uitlopers als kleine haartjes. Steeds meer. Het suizen in haar oren zwelt aan, het zingt in haar hele hoofd. Hoewel ze haar ogen open heeft ziet ze toch alleen maar zwart, zwart met lichtflitsen daartussen. Ze hoort de stoelpoten van Bouw over de vloer krassen. Hij roept iets. Zij valt.

DEEL III

21

Abrupt zwenkte Bouws auto een parkeerplaats op en ramde met piepende remmen de hoge stoep. Tweeduizend kilometer gereden om dezelfde zon in de ogen te voelen prikken. Portefeuille, zonnebril. Hij trapte het portier dicht met zijn hak. Over de kademuur heen keek hij in de rivierbedding waar goor water lui tussen de stenen liep, aan plastic flessen likte en hopen vuilnis omspoelde. Een zoete geur van verrotting steeg op uit de stroom. Bouw draaide zich om op zijn hakken. Uitlaatgassen. Claxons. Hitte.

Tussen zwetende toeristen in korte broek liep hij naar het centrum. Uit ergernis nam hij te grote stappen zodat hij zich om slenteraars heen moest slingeren, in botsing kwam met tegenliggers en struikelde over de lijn waaraan een hooghartig kijkende vrouw haar poedel vasthield.

Wat een rotplaatsje, wat een teringherrie, wat een onzalig klimaat. Wat een idee om hierheen te rijden, een hotel te zoeken, een paar dagen te blijven.

Meteen weer weg, dacht hij, terug naar de auto, instappen en omkeren. Maar zijn benen liepen verder naar een pleintje waar hij dikke rijen mensen met hun voeten in een vierkante vijver zag zitten. Walgend wendde hij zijn blik af en zag aan de overkant van de rijweg het enorme casino, behangen met oranje en felgroene plastic vlaggetjes. Op de trappen zaten jongens en meisjes met blote buiken en smerig haar. Ze leunden tegen hun rugzakken en aten uit papieren zakjes. Tegen de gevel hingen overal luidsprekers waar keiharde, vettige Franse popmuziek uit opklonk. Midden op de rotonde, verloren tussen autobussen en vrachtwagens, stond de kerk. Een vrouw schoof vanuit het portaal subiet de weg op, een auto toeterde en remde met gierende banden. Een woordenwisseling, schelle stemmen, een verrassende lach. De kerkmuren waren van beton; wat er nog restte aan oude stenen was onherkenbaar weggestreken achter lagen plamuur en cement.

Achter de kerk voerde een weg schuin naar boven tussen witte gevels en platanen. Bouw bewoog moeizaam over de ongelijke straatstenen. Voor iedere winkelruit stopte hij om afwezig naar de uitgestalde waren te kijken. Broodroosters, breukbanden, braadsleden. Aan het eind van de straat stond een hotel tegen een begroeide rotswand aangebouwd. Een trap voerde naar een terras waarop mensen onder gele baldakijnen zaten te drinken. De tafels stonden wijd uit elkaar. Er klonk gerinkel van bestek uit de openstaande deuren. Bouw liep naar binnen en bestelde een kamer aan de achterkant.

De kamer was koel, donker en bedompt. Een bos grensde pal aan de achtergevel. Hij deed het raam open en moest kracht zetten om een stevige boomtak weg te duwen. Takken puilden door het raam, verdubbelden zich in de spiegel op de klerenkast en begonnen de kamer te vullen met dennenlucht. Bouw liet zich achterover op het bed vallen en sloot zijn ogen. Vergissing. Had het niet moeten doen. Hoe nu verder? Wanda opbellen dat hij hier zat? Hij stelde zich een rinkelende telefoon voor, haar stem die ineens zijn oor binnen zou dringen, zijn aarzeling omdat hij niet wist hoe ze er nu uitzag. Liever niet. Liever onaangekondigd op haar stoep staan? Dat kon je niet doen na tientallen jaren stilte, en zij had hem niet kunnen bereiken om te zeggen of ze wel of niet voor een ontmoeting voelde. Hij had het verkeerd aangepakt. Wat wou hij toch?

Hij opende zijn broekriem en spreidde zijn armen wijduit over de matras. Op het langwerpige kussen bewoog hij zijn hoofd heen en weer, alsof hij het motorgeronk van drie dagen uit zijn oren wilde vegen.

Alsof hij met Wanda in een web van elastiek zat dat hij iedere ochtend met moeite uitrekte als hij naar de Reehof ging. Elastiek dat tot het uiterste gespannen raakte als zij tien dagen op tournee door Engeland was en dat met geweld weer terugveerde op het moment dat hij haar van het vliegveld haalde. Verdoofd waren ze dan door de klap. Waarom? Nooit had hij zich nog met wie dan ook op zo'n manier verbonden gevoeld. Hij keek wel uit. Ze had hem meegesleurd in een toestand van dierlijke nabijheid die hij later nooit meer had aangedurfd, zelfs met zijn eigen kinderen niet. Toch kon hij met Johanna beter praten, toch was hij een aardige en betrokken vader geweest, toch was hij in zijn gezin op een kalme manier gelukkig.

Toen Wanda zwanger was voelde hij zich een wereldveroveraar. Overal was hij ingedrongen, grenzeloos, en alles was van hem. Verwarring had er altijd bij gehoord. Als ze zich van hem afkeerde en bezig was met haar spel werd hij door woede bevangen, en tegelijkertijd gaf het besef van haar onverstoorbare eenzaamheid aan de piano hem rust. Verlamd had hij achter de deur van haar studeerkamer gezeten, verstijfd en onmachtig om welke kant dan ook op te gaan. Als hij tijdens een recital in de zaal zat kromde hij zijn tenen uit schaamte om de confidenties die zij het publiek door haar spel deed; in de accenten die zij legde, de temposchommelingen die ze aanbracht herkende hij de geluiden die ze maakte als ze klaarkwam. Hij raakte buiten zichzelf van gêne maar gloeide van trots en werd week van ontroering.

Alsof je een vacuümgetrokken zuignap van een glasplaat trekt, zo was het afscheid geweest. Bouw grinnikte om dit prozaïsche beeld. Het juiste beeld. Een uiterste krachtsinspanning had hij geleverd door zich los te trekken. Er was gevaar. Het glas kon breken, het rubber zou scheuren. Onherstelbaar.

Hij werd wakker, schoot overeind en stootte zich tegen de kast met de spiegel waarin de boomtakken zachtjes in het donker heen en weer golfden. Naast de deur vond hij een lichtschakelaar, die niet werkte. Op de tast naar de badkamer, de armen wijd, schuifelend met de voeten. Een gelig licht boven de wastafel. Zijn eigen kop met vouwen en wallen onder de ogen. Water. Het glas viel rinkelend tegen de grond maar was niet stuk. Rustig, dacht hij, rustig. De auto halen, even buiten lopen. Dan slapen. Morgen bekijken wat hij ging doen. Nu hoefde er niets.

Op het terras zaten hotelgasten nog na te tafelen. Twee echtparen. Een oude man met een klein meisje. Bouw liep het bordes af en kwam op straat. De avondlucht streelde zijn huid. Het was stil. Hij wandelde onder de platanen het stadje in. Een winkelier sloot zijn luiken, een vrouw sleepte een stoel naar binnen en deed de deur dicht. Bij een tent in het casinopark zaten mannen rode wijn te drinken op plastic stoelen. Op het plein lag het water in het lege leprozenbassin te stomen. Hij sloeg een nauwe straat achter het ziekenhuis in en verdwaalde in de hellende stegen. De licht bollende straten hadden aan beide kanten brede geulen, die hier en daar werden onderbroken door afwateringsputjes waarin water wegkolkte met sissende, proestende geluiden. Op een kruispunt van stegen bleef Bouw staan: overal rookpluimen, opspattend water en de allesdoordringende geur van zwavel. Hij bukte zich om zijn hand in de goot te leggen en trok hem schielijk terug. Heet. Een stille stad vol kokend water. Hij passeerde een tuin achter een barokke badinrichting en zag talloze fonteinen van ziedend zwavelwater omhoogspuiten. Langs de straten voerde het water dorre bladeren, sigarettenpeuken, papieren zakdoeken, plastic zakken en kauwgomwikkels naar de rivier. Daar stond de auto.

Het douchewater bevatte geen zwavel maar chloor en de temperatuur kwam niet uit boven lauwwarm. Hij liet het lang op zijn schouders kletteren, in zijn ogen, door zijn haar. Naakt schoof hij tussen de lakens. Morgen, morgen verder.

22

De pijn gaat als een wild beest in haar lichaam tekeer, trekt scheurend aan het binnenste van haar buik, steekt woest in haar liezen en komt op onverwachte momenten ineens een ogenblik tot rust. Dan opent Wanda haar ogen terwijl ze onbeweeglijk blijft liggen. Bouw heeft een handdoek over de lamp gehangen. Hij heeft zijn schoenen uitgedaan en loopt zachtjes om het bed heen. Hij is zeker niet meer boos, denkt Wanda. Hij streelt haar bezwete gezicht en gaat naast haar op het bed zitten.

'Heb je daar last van?' vraagt hij. Wanda blijft zwijgen en hij slaat de dekens terug om een dubbelgevouwen handdoek onder haar heupen te leggen. De pijn keert terug. Wanda's blik slaat naar binnen. Bouw masseert haar rug, hij duwt met zijn grote handen tegen de platte, pijnlijke plek vlak boven haar billen terwijl hij almaar fluistert dat het goed is, dat het overgaat, nog even, nog even.

Er verstrijken uren in de eb- en vloedbeweging van de pijn. Bouw is tegen Wanda aan gaan liggen; hij steunt haar opgetrokken benen en blaast in haar bezwete nek. Wanda staart, tussen de pijnaanvallen door, naar het raam. Ze zijn de gordijnen vergeten dicht te doen. Zwart, grijs, grauw, bleek.

De dageraad komt met de krachtigste kramp. Wanda draait op haar rug. Ze voelt hoe het uit haar glijdt, het kind, haar bestaan in dit huis, haar recht op het gewone leven. Ze schreeuwt van schrik en pijn.

Bouw kijkt tussen haar benen op de handdoek. Later hoort ze hem bezig in de keuken, de kraan loopt.

De vrucht past in zijn handpalm. Gekromd, blauwig. In de schone jampot. Naar de ijskast.

Een nieuwe handdoek om op te liggen. Een helgrijs raam. Staren. Zijn warme hand op haar heup. De hand waar het in lag.

Als Bouw uitgeput in slaap is gevallen beweegt Wanda zich van hem weg. Ze legt de hand terug bij zijn lichaam. Haar eigen handen brengt ze voor haar borst bij elkaar. De ene vinger wrijft over de andere, de handpalmen duwen zich tegen elkaar, welven uit, maken zich machtig en breed op de draaiende polsen. In de holte tussen kin en borst liggen Wanda's handen opgeborgen.

Onder de hete, kletterende douche. Vreemd dat het ijs van binnen niet smelt. Vreemd dat alle muziek in haar hoofd is verstomd: ze hoort alleen het getrommel van water op steen.

Er zit vergif opgesloten in dat ijs. Als het bij Wanda vanbinnen smelt breekt het gif los en steekt het alles aan. Het is haar schuld, ze kan het niet verhinderen.

De gedachte zweeft weg zodra ze is opgekomen.

Bouw zit op een stoel bij het raam. Hij heeft zijn handen voor zijn gezicht geslagen. Zijn brede schouders schokken. Wanda grijpt haar kleren en gaat de kamer uit.

Hij vraagt of ze goed zit, of het gaat, of de auto niet te veel schudt. Hij legt zijn arm om haar heen. Hij kust haar. Nee, nee, nee, denkt Wanda. Haar hoofd staat onbeweeglijk op haar nek. Als de auto een bocht maakt verandert het uitzicht. Ten slotte ziet ze de garagedeuren bij de praktijk van dokter Van Beek.

De dokter kijkt. Hij duwt krachtig neerwaarts tegen haar buik. Wanda staart naar de witte tl-buis. Hij brengt zijn hoofd met de brillenglazen in haar gezichtsveld.

'Dit had je je anders voorgesteld, hè meisje? Sneu voor jullie, heel sneu.'

Hij legt zijn hand een moment tegen haar koude wang.

Wat bedoelt hij met anders? Ze verstaat hem niet goed. Het lijkt of er waterbellen in haar oren zitten. Ze hoort alles maar ze verstaat niets.

Langzaam kleedt ze zich weer aan.

Bouw en Van Beek zitten bij het bureau te praten. Het maakt een brommend geluid.

'Nee, geen regulair mongolisme. Het is een translocatie. We hebben een assistent gehad die van de oudere mongolen karyogrammen heeft gemaakt, jaren geleden. En van de ouders, als die nog leefden.'

'Dan weet je wie de drager is?'

'De moeder was schoon. De vader was nooit beschikbaar, of het onderzoeksproject stopte voor hij aan de beurt was. Ik weet het niet.'

'Alle kans dat je vrouw draagster is, dus. Dat betekent een punctie, de volgende keer.'

Draagster, denkt Wanda. Onheil in mijn cellen, ik wist het wel.

'We proberen het opnieuw. Als je hersteld bent.'

Bouws adem is heet tegen haar oor. Waar heeft hij het over? Hersteld. Opnieuw. Gif.

'We hebben nog een heel leven, het komt goed!'

Ik heb niets, denkt Wanda. Wat kletst hij? Het gaat niet over mij.

's Morgens ontbijten ze zwijgend in de keuken. IJzerpillen. Extra vitamines. Bouw vertrekt naar de Reehof. De bel gaat. Wanda blijft op haar stoel zitten. Nog een keer. Het gerinkel klinkt na in haar oren. De bel, denkt Wanda. Bel. Het gezicht van Joyce verschijnt achter het raam. Ze zwaait. Ze wijst met haar hand naar de keukendeur. De bomen in de tuin bewegen mee in de wind. Joyce zet koffie. Ze heeft haar baby thuisgelaten en spreekt er ook niet over. Toch denkt Wanda aan niets anders. Alles wat Joyce zegt verdrinkt in babygehuil. De mond van Joyce beweegt. Op haar trui zitten vlekken van opgedroogde melk en kwijl. Dat het verschrikkelijk is, zegt ze. Dat Wanda zich beroerd voelt, en nutteloos, niks waard en overbodig. Ja, ja. Wanda knikt. Ging ze maar weg. Joyce, Joyce, help.

Joyce doet haar jas weer aan. Bij de voordeur kijkt ze Wanda diep in de ogen. Ze wijst naar de deur van de studeerkamer. 'Nu ga je je handen wassen en spelen. En voortaan elke dag. Geeft niet wat. Spelen.'

Ze kust Wanda op de wang en aait even over haar handen.

Bouw komt thuis in een donker huis. Uit de studeerkamer klinken langzame, beheerste Mozartloopjes. In de keuken staan halfvolle koffiekopjes op tafel. Hij gaat zitten met zijn jas nog aan en zijn tas op schoot. Hij huivert.

★

De orkestinspiciënt scharrelt met nerveuze bewegingen rond op het podium. Hij heeft een stapel partijen onder zijn arm geklemd. Op elke lessenaar zet hij muziek neer. Hij verschuift stoelen en duwt met zijn voet de plankjes van de cellisten in de juiste stand. De vleugel staat te glanzen. De klep is eraf.

'Mevrouw Wiericke, welkom! Ik had u nog niet verwacht! Alles is klaar, wilt u inspelen?'

Hij pakt Wanda's jas aan, hij gebaart naar de pianokruk en wrijft over het instrument.

Wanda voelt een vreugdegolf door haar maag slaan. Hoe zal de piano haar antwoorden, wat zal ze aan de snaren kunnen opleggen, waar zullen de mogelijkheden ophouden?

Loopjes. Baslijnen in akkoorden, octaven. Een stukje van het langzame deel, met heel platte vingers, veel vlees op het ivoor. De kruk een fractie lager. De pedalen. Een chromatische toonladder over het hele klavier.

De orkestleden komen een voor een binnen. In de zaal liggen opengeklapte vioolkisten op de stoelen van de voorste rijen. Violisten staan in groepjes te praten en bewegen hun strijkstokken langs een blokje hars. Een bassist sjouwt zijn enorme instrument het trapje op. De concertmeester geeft Wanda een hand en zegt dat hij zich op de tournee verheugt. Een altiste met een bekend gezicht komt erbij staan.

'We hebben nog samen gespeeld,' zegt ze, 'in De Toekomst, weet je nog? Met Lucas Lansingh.'

Ze heeft een paardenkop. Geen gezicht, boven zo'n grote altviool. Wanda is haar naam vergeten. Ze wou dat ze gingen spelen.

Vanaf de zijkant komt Samuel Silberman het podium op. Wanda herkent hem van de foto's uit de krant. Hij is kleiner dan ze gedacht had. Ouder ook. Met een kaarsrechte rug loopt de bejaarde dirigent op haar toe. Het witte, spitse stokje houdt hij in de linkerhand. Donker, steil haar, kleine ogen, afgepaste gebaren. Op het gladgestreken gezicht is geen uitdrukking te zien.

'Vandaag de 488,' zegt hij. 'Helemaal doorspelen, kijken naar de tempi en de balans. Morgen Beethoven. Kunt u zich daarin vinden?' Wanda knikt. Silberman stapt de verhoging op en richt zich tot het orkest. Hij stelt Wanda voor en de musici tikken met hun strijkstokken een muizenapplausje tegen de lessenaars. Stilte. De orkestinleiding. Na een paar maten tikt hij af.

'Dames en heren. Dit is géén vrolijk stuk.' Opnieuw. Wanda haalt diep adem. Hij heeft het begrepen. Geen vrolijk stuk. Vragend kijkt de dirigent haar aan. Wanda knikt om te bevestigen dat het tempo goed is. Dan wacht ze rustig tot het orkest de inleiding met twee donderende akkoorden besluit.

Ze laat de eenvoudige melodie opbloeien en dwingt de versieringen in het strenge gareel van de baslijn. Voor de verbaasde oren van de orkestleden tovert Wanda een desolaat oorlogslandschap te voorschijn, weerloos, geschonden. Schaamteloos toont ze het staketsel van het concert.

Het tweede deel speelt ze ingetogen, met uiterste beheersing, haast onaangedaan. De blazers volgen haar en de strijkers houden hun adem in. Bijna zonder onderbreking volgt het Rondo. Niet blij, niet vrolijk. Meedogenloos brengt ze de smekende accenten aan; strak voert ze de bas naar de ondergang. Na het slotakkoord hangt er een ongemakkelijke stilte over het orkest.

'Pauze,' zegt Silberman.

Nu kijken Wanda en de oude man elkaar aan. Zijn ogen zijn donker en sprekend geworden. De orkestleden stommelen het podium af. Ineens voelt Wanda de tocht in haar rug, haar vermoeide spieren, haar lichte hoofd.

Silberman pakt haar rechterhand met beide handen.

'U en ik hoeven elkaar niets te vertellen. U heeft mij met uw vertolking een verdrietig genoegen gedaan. Ik had dit niet verwacht. U heeft mij geraakt. Ik dank u.'

Wanda ligt wakker naast Bouw. Mozart raast door haar hoofd. Gedachteflarden duwen soms de muziek opzij. Hoe ze haar zien, denkt Wanda. Bouw wil haar bedroefd hebben, klaar om gered te worden. Van Beek zag haar verlangen naar een dikke buik. Silberman voelt zich met haar verwant. Toen ze na de repetitie samen wat gingen eten strooide hij zout op het tafellaken tussen hun borden. Hij glimlachte. Ze is een bedrieger want ze hoort niet bij hem, ze wil geen buik en ze is niet bedroefd. Ze laten haar liegen. Ze kan alleen doen wat Mozart schreef. Dat weet ze zeker. Zonlicht op kapot land. Ze gaat op reis, ze gaat spelen. Ze gaat weg.

23

De brief lag op de keukentafel. Een in drieën gevouwen, roomwit papier. Het onderste segment krulde frivool omhoog. Blauwe inktstrepen, een boodschap, een naam. De post komt altijd met verzoeken en opdrachten, hij trekt een weefsel van eisen over de wereld en laat niemand met rust. Wanda had het papier op tafel geworpen en wilde niet gaan zitten. Ze wilde naar buiten om naar de bergen te kijken. Om niet thuis te zijn als de telefoon ging. Soms komt de post toch met geschenken, met onbaatzuchtige groeten, met enveloppen vol verblijding? Soms vinden mensen het leuk om iets te horen van iemand die tientallen jaren geleden een dierbare was. Nou? Zij niet.

Resoluut ging ze de deur uit en liep om het huis heen de begraafplaats op. Achter de kerk gaf een opening in de muur toegang tot een wild gebied, een plateau met lage begroeiing, versnipperd door een stelsel van smalle voetpaden.

Wanda liep een rondje en ging zitten op een steen. Ze keek naar de besneeuwde bergtoppen aan de overkant. In het dal hing nog een luchtige deken van ochtendmist. Ze zag de grijze bouwsels van Ax in de verte. Misschien was hij daar, liep hij rond door die kleine straatjes of was hij naar boven gegaan, zoals zij nu. Meer dan dertig jaar geleden bracht hij haar naar het vliegveld. Zwijgend, zijn mond een boze streep. Ze vloeide nog van de miskraam. Ze kon niet denken. Laat staan iets zinnigs zeggen. Er was iets onherstelbaar veranderd. Dat het wondere leven met hem voorbij was voelde als een opluchting. Hoe dat mogelijk was wist ze niet. Alles was verschrikkelijk. Hij keek haar na toen ze de vertrekhal in liep. Ze keek om en liep door.

Over het weggetje naar het hoge dorp kroop een bromfiets naar boven, bereden door een man met een oranje valhelm op. Wanda bestudeerde zijn langzame gang, zag hoe hij afremde voor de bochten, verdween onder overhangende boomkruinen en, begeleid door het luider wordende geknetter van de motor, weer opdook. Op zeer steile weggedeelten stapte de berijder af en liep een tijdje naast zijn voertuig.

Wanda liep terug naar huis. De bromfiets stond op een standaard bij haar voordeur toen ze aankwam. De berijder bevrijdde zijn hand uit een enorme leren want om haar te begroeten. De pianostemmer. In de hal stampte hij op de plavuizen. Hij droeg een lange leren jas. Wanda keek toe hoe hij de helm losmaakte, de wanten op een stoel legde en traag aan een rij van stugge knopen begon.

Moest ze die jas aanpakken? Hij moest hem zelf maar ophangen. Een walmende zweetlucht. Veel te warm gekleed. Kalm nou maar, straks zit hij boven.

Hij wilde naar de wc. Het koffertje met gereedschap stond verloren midden in de gang. Vanachter de wc-deur kwam een klaterend geluid. Wanda bleef besluiteloos staan. Naar boven? Straks weer naar beneden om hem op te halen? Nu roepen dat hij zelf omhoog moest komen?

Ze klom de trap op en riep de stemmer toen hij te voorschijn kwam. De man volgde haar zuchtend. Zijn kale schedel was omkranst met blonde haarpieken. In de deur van de balkonkamer bleef hij staan. Hij zette zijn rode handen in de zij en keek rond. Hij inspecteerde de boekenkast, het uitzicht, de meubels en het bureau.

'Daar is de piano,' zei Wanda, wijzend op de immense zwarte vleugel waar ze vlak voor stonden. De stemmer keek geërgerd opzij en begon traag zijn instrumenten uit te pakken. Met hese, hoge stem klaagde hij over de nadelen van zijn vak. Het moeizame reizen, de verwaarloosde piano's, de onmogelijke eisen van zijn klanten, die hem nog opjoegen ook.

Hij tilde de lessenaar naar de grond en verwijderde de kleppen. Kreunend bukte hij zich naar de pedalen en veegde met een vinger over de stalen kabels. Wanda sloop naar de keuken en sloot de deur.

Op tafel lag nog steeds de brief. Ze ging zitten en wachtte tot de vertrouwde stemklanken uit de pianokamer begonnen te klinken, kwarten, kwinten, steeds een halve toon opschuivend. Soms werd het stil. Dan was de pianostemmer ongetwijfeld verdiept in de lijst nummers die naast de telefoon lag. Dan las hij aandachtig haar laatste belastingaangifte en werkte de ingekomen post van de afgelopen maanden door.

Ze stond op, maakte de keukendeur zachtjes open en sloeg hem keihard weer dicht. Meteen klonk er weer een kwint.

Misschien is het niet eens zo erg dat mensen iets van je willen, van je verwachten. Dat ze je brievenbus en je huis en je hoofd binnendringen met hun eisen en meningen. Het is pas erg als je je er iets van aantrekt, als je denkt dat je ze tegemoet moet komen, moet antwoorden en je moet aanpassen aan hun verwachtingen. Daarom krijgt de pianostemmer geen thee en zit Wanda verbeten te lezen tot hij klaar is. De uren verstrijken.

Hij wilde laten horen wat hij teweeg had gebracht en speelde klaterende arpeggio's over het hele klavier. Het klonk scherp, vond Wanda. Ze wilde er helemaal niets over zeggen. Het belangrijkste was hem naar beneden te krijgen, zijn stijve jas in en de straat op. Handschoenen, helm en koffer erachteraan. De bromfiets horen wegpruttelen. Maar eerst moest ze luisteren. Ze gaf een kort, goedkeurend commentaar en ondertekende de rekening. Voor de volgende stembeurt zou ze zelf opbellen. Het linkerpedaal moest ze met rust laten, zei de hese man, anders bedierf ze het vilt. De gordijnen moest ze gesloten houden, de pedaalkabels met grafiet insmeren, de toetsen poetsen met spiritus, maar niet de zwarte, nóóit de zwarte. Eens per week het binnenwerk zuigen. Hij werkte zich een ongeluk en de klanten deden alles binnen korte tijd teniet door luiheid en onwil.

Woedend verplaatste Wanda haar gewicht van het ene been op het andere. Naarmate haar ergernis toenam werd de stemmer wijdlopiger. De telefoon doorbrak zijn tirade. Zelfs met Bouw zou Wanda nu blij zijn geweest. Het was de pianofirma uit Toulouse die zijn werknemer opdroeg onmiddellijk naar de volgende klant te gaan, de vertraging bedroeg nu vijf uur en dat was te veel.

Mopperend pakte de stemmer zijn bezittingen bijeen. Toen hij eindelijk zijn bromfiets startte, begon de zon alweer te dalen.

Wanda zette alle ramen tegen elkaar open en ging voor de spiegel staan. Grijs, kort haar met zwarte strengen erdoor. Aardige, donkere ogen. Huid als een los gordijn rond stevige botten. Ze zouden tegenover elkaar staan met versleten lichamen en veranderde stemmen. Met jaren en jaren aan herinneringen die ze van elkaar niet kenden. Met vreemde, ongedeelde visies op elkaars tekortkomingen en fouten. Hij had haar met zijn liefde verstikt en gevangen, zou zij zeggen. Zij had hem een kind ontzegd, ze was weggelopen, zou hij zeggen. Het ging niet meer, hij stuurde haar. Ze schoot tekort, het had haar aan woorden ontbroken.

Ze haalde haar schouders op en schonk een glas wijn in. Ze strekte haar benen voor zich uit en hief de armen boven haar hoofd. De deuren waren gesloten, de indringer was verjaagd en in de kamer stond een perfect gestemde piano.

24

Met witte gezichten staan de orkestleden bij de lopende band op hun koffers te wachten. Het is zes uur 's morgens en de tl-buizen verspreiden een schaduwloos licht. Achter de glazen wand van de aankomsthal verdringen zich familieleden en vrienden. Een klein meisje staat met haar handpalmen en neus tegen het glas gedrukt en kijkt met grote, starende ogen voor zich uit. Haar vader wuift en loopt met zijn vioolkist in de armen naar haar toe, lachend komt hij tot vlak bij het glas. Het kind kijkt maar reageert niet.

Wanda knikt onwillekeurig. Mensen, vaders vertrekken en komen terug, of niet. Verbijstering is een passend antwoord.

Silberman is in New York achtergebleven. Na het laatste concert hadden ze in de lobby van het hotel gezeten in brede leren stoelen. De concertmeester was dronken geworden en deelde zijn zetel met een altiste die gedurende de hele tournee niet van zijn zijde geweken was. De blazers dronken bier en bleven staan. Silberman zat voor op zijn stoel met zijn knieën tegen elkaar en zijn voeten recht op de grond. Hij dronk water, en keek Wanda aan. Ze had haar zurige wijn op de vloer gezet en wilde hem zeggen dat de concerten haar redding waren geweest, dat hij haar had opgevangen, omspeeld en geleid als een wijze vader, dat ze dankbaar was. Maar welke woorden, en hoe ze eruit te krijgen? Ze zweeg.

'Volgend jaar in Tel Aviv,' had Silberman gezegd. 'Ik nodig u uit voor het festival van mijn kamerorkest daar. Ik reken op u.'

Zware koffers hobbelen op de band voorbij. Orkestleden kussen elkaar, slaan op schouders, zwaaien breed met hun armen. Ze tasten hun wagens hoog op met bagage, instrumenten en plastic tassen vol chocola en drank. Dan gaan ze langs de douane de glazen deuren door en omhelzen hun vrouwen, kinderen, mannen. De concertmeester zoent de altiste achter een pilaar. Even later ziet Wanda ze ieder in separate omhelzing met hun partners in het gewone leven.

Een voor een worden de mensen in hun gekreukelde kleren, met hun hoofden vol rondflitsende nieuwe herinneringen en een wolk van vliegtuiglucht om hen heen opgeslokt door de wachtenden: vrouwen met boze, strakke gezichten, ongeduldige mannen en een stil kind.

Wanda tilt haar koffer van de band. Langzaam loopt ze naar de uitgang om een taxi te nemen.

Door het tijdsverschil kan ze niet slapen. In het smalle bed draait ze zich keer op keer om. Gestrekt, gekromd, met of zonder kussen. Ze staat op en gaat naar beneden. Ze zit aan de keukentafel en kijkt naar buiten, waar het langzaam grijs wordt. Er komt iemand de trap af. Emma.

'Je deur stond open. Je lag niet in bed. Hoe is het met je? Je hebt wel een witte toet, hoor!'

'Het is zo raar. Het is alweer bijna dag. Wat moet ik doen?'

'Als je van hem houdt moet je terug,' zegt Emma. Ze kijkt naar haar gevouwen handen, die elkaar vastklemmen op de tafel. 'Een man waar je zo gek op bent, en hij op jou, die moet je nooit laten schieten.' Emma zucht en is even stil. Wanda zegt niets.

'Je bent nu misschien nog in de war omdat je je kindje verloren hebt,' probeert Emma weer. 'Maar je moet toch met hem praten, hoe dan ook. Je kan wel even hier logeren, tot je weer jezelf bent, maar daarna moet je wat doen.'

Tot ik mezelf ben, denkt Wanda. Ze is nog nooit zichzelf geweest. Ja, als ze speelt, dan wel. Wat is dat, jezelf zijn?

Ze wrijft over haar gezicht. Alles is afgesneden: de buik, het leven met Bouw, het beeld van haarzelf als een vrouw in een huis. Toch voelt het niet als verlies. Meer als noodzakelijke opruiming. Was het maar ochtend, dan kon ze gaan spelen. Over vier weken vertrekt ze met de Beethovenvariaties naar Duitsland. Het jeukt in haar vingers.

De tijd begint te vliegen, het is de start van een jarenlange wervelwind van gebeurtenissen, gezichten en plaatsen waartussen Wanda op drift raakt. Het verglijden van de jaren is gemarkeerd door muziek: het recital met alle Debussypreludes, het Schönbergprogramma, de tournee met het tweede concert van Brahms.

Zwarte jurken raken versleten of verloren en worden vervangen. In de opnamestudio sterft de oude geluidstechnicus en zit er de volgende keer een jonge vrouw klaar. Dokter Van Beek kijkt voor het laatst in haar binnenste, verklaart alles in orde en legt zijn praktijk neer. Het huis waar ze met Bouw woonde wordt verkocht en onherkenbaar verbouwd. Joyce krijgt het ene kind na het andere en houdt op met vioolspelen: eens per jaar gaan ze samen een week wandelen met rugzakken en regenkleren.

Na een aantal hortende en moeizame gesprekken, waarbij Wanda niet uit haar woorden kan komen en Bouw erbij zit met een rug van staal, besluiten ze hun huwelijk te beëindigen. Bouw vertrekt bij de Reehof en aanvaardt een beleidsfunctie bij het ministerie van Volksgezondheid. Wanda krijgt een brief van hem als hij met Johanna trouwt. De geboorteaankondigingen van zijn kinderen bereiken haar niet meer; ze is uit zijn adressenboek wegverhuisd. Met kinderen kan ze niet goed overweg, ze kan het niet volhouden Frank zo nu en dan te bezoeken en als het conservatorium haar uitnodigt om hoofdvakdocent te worden heeft ze geen bedenktijd nodig voor de weigering. Een enkele masterclass geeft ze in de zomermaanden; ze leent haar naam aan de cursus in ruil voor een verblijf in Salzburg of Siena, maar ze ziet op tegen de confrontatie met leerlingen. Een kind van twintig speelt een Beethovensonate in een zaaltje, er zitten mensen aandachtig te luisteren en te wachten op haar commentaar. Straks moet ze iets zeggen, over enkele minuten zal het kind naar haar kijken, vragend, verlegen, nieuwsgierig. Het is heet, de deuren staan open en in de kloostergang buiten valt het licht scherp om de pilaren. Wanda zweet.

In december krijgt ze ieder jaar een kaart van Samuel Silberman. Ze laat haar grammofoonplaten naar hem opsturen met hartelijke groeten maar heeft een tournee door Israël altijd afgewimpeld. Van tijd tot tijd soleert ze met zijn orkest. Steeds is het een warme verrassing als hij zijn hand na de repetitie even op haar haren legt.

Verliefd wordt ze tijdens een tournee, voor een etmaal, een week, en altijd op de zwijgzaamste muzikanten. Na afloop is het alleen-zijn een troost en een opluchting. Lucas is in Amerika beroemd geworden. Hij staat voor een groot symfonieorkest en geeft met Wanda een serie concerten waar de passie van afspat. Net als vroe-ger zetten ze het erotisch discours dat op het podium begon voort in de hotelkamer. Ze vrijen kinderlijk, met speelplezier en in de zekerheid dat ze straks weer ieder huns weegs zullen gaan. Wanda vraagt hem niet naar zijn betrekkingen met mannen; Lucas maakt geen aanspraak op haar langer durende aandacht. Ze slapen uit-geput naast elkaar in het brede bed. Als de ochtend komt is Wanda wakker. De slaap is haar vijand aan het worden, een vijand die ieder jaar terrein wint. Hij zet de poort open naar dromen waar ze niet aan wennen kan. Het is sluipend begonnen, ze schreef het toe aan een vreemd bed, een te warme kamer, te veel wijn na een optreden. De dromen bleven komen, eerst zo nu en dan, toen met regelmaat, ten slotte altijd. Na een paar uur bewusteloosheid valt Wanda op het ijs en rijden achteloze schaatsers haar vingers eraf. Iemand dwingt haar een hamer in de hand te nemen en zelf haar andere hand te verbrijzelen. Ze moet de lange, dikke bassnaren uit haar vleugel losmaken en toezien hoe bleke mensen daarmee ge-hangen worden. Hijgend en zwetend schiet ze overeind, ze doet het licht aan, drinkt water en durft niet meer te gaan liggen. Ze went zich aan om midden in de nacht op te staan. Ze gaat in een stoel zitten en leest Bach.

'Kwel jezelf niet zo,' zegt Lucas. 'Er zijn middelen voor. Ga toch naar een dokter en laat je iets voorschrijven!'

Wanda heeft zwarte kringen onder haar ogen en trilt van ver-moeidheid. Ze neemt de slaappillen en zakt in een droomloos co-ma. Bij het ontwaken is ze alle besef van verstreken tijd kwijt. Ze herademt. Maar als ze voor haar ochtendoefeningen achter de pia-no gaat zitten merkt ze dat haar vingers niet gehoorzamen. Ze lijken log geworden en houden geen rekening met elkaar. Ze nege-ren de ingetrainde samenwerkingsafspraken en houden zich doof voor de bevelen die Wanda hun toezendt. Haar lichaam voelt als een stugge jas. Ze moet kiezen tussen ongestoorde slaap en beheerste beweging. Ze bergt de pillen op en verzoent zich met een leven van nachtelijk partituurlezen. De uren van slaap zitten ingeklemd tussen twee vertrouwde angsten: de angst die haar uit de nachtmerrie doet wakker schrikken en de angst voor de slaap, die haar elke nacht tot drie keer toe klaarwakker maakt voor ze eindelijk wegsuft.

Ze reist, ze studeert, ze speelt. Ze wordt veertig. Haar verjaardag zal ze vieren bij Joyce, die ten zuiden van Londen woont met haar journalist en haar inmiddels groot geworden kinderen. Voorafgaand aan de logeerpartij maakt Wanda een tournee door Engeland met een Chopinprogramma. Na het laatste concert vindt ze in haar hotel een telegram van Guido: 'Emma ernstig ziek. Graag contact.'

25

Vandaag gaat het gebeuren, dacht Bouw toen hij wakker werd. Hij wist niet wat. De boel inpakken en naar Barcelona rijden, misschien. Hij begon alvast met alles uit zijn koffer te gooien en vervolgens het valies aan een herordening te onderwerpen. Boeken en papieren op de bodem. Schoenen ook. Overhemden opnieuw vouwen. Orde.

Hij ging in de hotellobby een kop koffie drinken en keek neer over de stad. De hoteleigenaar zat met zijn zoontje te spelen en sprak Bouw aan.

'Een heerlijke ochtend, gaat u wandelen? Hierachter kunt u zo de berg op. Het pad voert u vanzelf over de kam heen. Prachtig uitzicht. Zeer woest. U komt in de andere vallei, en vandaar loopt u gemakkelijk terug.'

Waarom niet, dacht Bouw. Ik ben er toch. Lopend kan je goed denken.

Hij merkte dat hij er zin in had toen hij eenmaal aan de klim was begonnen. Hij liep door een tunnel van loof, een groene grot met vochtig gras op de bodem. Hier kwam de zon niet. Naarmate hij steeg viel hij meer samen met zijn lichaam. Zijn kuitspieren spanden zich. Zijn longen zwoegden zwaar.

Het pad volgde de bergkam en werd minder steil. De flankerende bomen waren hierboven lager en lieten de zon vlekkerig door. Het pad was een brede baan van gras geworden tussen bergweiden, omzoomd met bemoste, stenen muurtjes. Hier en daar zag Bouw een stal of een verwaarloosd woonhuis. Hij liet zich de weg wijzen door de weg zelf. Er gingen gedachten door zijn hoofd die hij niet stuurde. Hoe hij met zijn vader door de duinen achter Wassenaar had gelopen, op zijn sandalen of kaplaarzen dribbelend om de grote stappen bij te kunnen houden. Aan de bosrand begon de paddestoelenjacht: champignons in het gras. In de lente wees vader hem de morieljes aan met hun gekliefde hoeden; 's zomers kwamen de cantharellen, en de herfst bracht eekhoorntjesbrood en nevelzwammen in enorme heksenkringen. In de winter had hij zwarte, gepoetste schoenen aan en werd vader begraven.

Toen hij eens met Wanda in hetzelfde bos wandelde was er geen cantharel meer te vinden geweest, al was het de goede tijd van het jaar en het perfecte vochtig-warme weer. Stel je voor dat hij haar nu ineens tegen het lijf zou lopen. Hij zag zichzelf tegenover een grijsharige vrouw staan en hoorde zich onhandige dingen zeggen. Hoe gaat het nu met je. Wat doe je. Wat heb je gedaan al die tijd. Verstolen naar haar gekromde rug kijken. In haar ogen zoeken naar een glimp van vroeger. Wat een ellende. Meer dan dertig jaar. Hoe kreeg hij het verzonnen. Ooit had hij als inspecteur een werkbezoek gebracht aan de Reehof. Hij was er tien jaar niet geweest en wandelde wat weemoedig door gangen en zalen. De zwakzinnigen keken op van hun bezigheden en glimlachten. 'Ha die dokter,' zeiden ze en gingen door met eten of puzzelen. Bouw voelde zich bevreemd. Waarom waren ze niet blij hem weer te zien na al die jaren? Ze gedroegen zich alsof hij er gisteren nog was, alsof hij al die tijd bij ze was gebleven.

Licht geërgerd had hij zijn pas versneld. Bij de uitgang van het paviljoen stond keukenhulp Guus op de etenskar te wachten.

'Dokter! Vakantie gehad zeker? Ik niet hoor, ik werk!'

Er is geen tijd, besefte Bouw ineens. Tien jaren zijn hier een week. Het maakt niet uit. Als je er ooit geweest bent zal je er altijd blijven. Hij lachte en schudde Guus de hand.

In de muur langs het pad was een zitplaats uitgehakt van waaruit je in het volgende dal kon kijken. Bouw ging zitten en legde zijn gezwollen handen op de koele steen.

Op het punt waar het pad naar beneden begon te buigen stond een huis met muren van gestapelde leigrijze steen, donker houtwerk en kleine ramen. Een langgerekte tuin liep parallel aan de weg. Onder een boom zat een man in een rieten stoel. Hij was een jaar of zestig, met een rustig, gebruind gezicht en gekleed in een manchester broek en een grof blauw overhemd. Op de tafel naast hem lag een opengeslagen boek. Er stond een kop koffie. De man las een krant. Hij hief zijn hoofd en keek uit over de vallei.

Bouw stond stil op het graspad. Een vleug koffiegeur drong in zijn neus. Hij hoorde de krant ritselen, hij hoorde de man zacht neuriën, hij hoorde wat verder weg het getinkel van schapenbellen.

Geen aktetassen meer, dacht Bouw. Geen jaarverslagen, geen vergaderingen. Geen strategie, geen plan. Geen vrouw met zijden blouses en een agenda zo groot als een bijbel. Geen gêne meer om de vadsigheid. Niet meer die permanente druk in het hoofd, de stem die roept: bijblijven, afvallen, voorwaarts!

Stel dat hij bij haar komt en blijft. Ze heeft haar piano verkocht, ze maakt soep in een oranje pan. Met paddestoelen die ze zelf in het bos geplukt heeft. Ze zitten ieder aan een kant van een ruwhouten tafel. In een tuin. Stel dat het vrede is. Stel dat de tijd stolt. Stel dat hij thuiskomt en daar blijven wil.

De man in de rieten stoel draaide zijn hoofd en zag hem staan. Hij glimlachte, groette met geheven hand en las toen verder in de krant.

26

Wanda weigert het plastic plateau met eten dat de stewardess haar aanreikt.

Door het verweerde raam kijkt ze naar de zee, waarop schepen zo groot als haar pink langzaam voortbewegen en witte strepen trekken die weer oplossen in het grijs.

Ze zit met haar handen kruiselings over haar schouders geslagen, het hoofd gebogen en de knieën over elkaar. De piloot heeft de daling ingezet. Slapen zou prettig zijn, maar dat gaat niet. Ze zal zich naar haar flat laten rijden, haar bagage in de gang zetten en meteen weer weggaan. Guido wacht op haar.

Hij staat wafels te bakken in de vertrouwde keuken. Hij drukt Wanda tegen zijn schort, laat haar aan tafel zitten en begint te vertellen. Hoog boven de bolle buik zweeft het vriendelijke gezicht in de bakwalm. Het dikke, grijzende haar is te lang. Hij loopt op geruite pantoffels.

'We gingen naar de film,' zegt Guido, 'en toen souperen. Oesters. Het komt door de oesters, zegt de dokter. Maar ik heb niets! Er moet één slechte oester bij gezeten hebben, en die heeft Emma opgegeten. Ze is er zo gek op. Oesters uit Ierseke.'

Hulpeloos kijkt hij Wanda aan en haalt zijn schouders op. Hij zet een bord met wafels voor haar neer.

'En confiture? Zelf gemaakt. Koffie? Ik ben gelukkig dat je gekomen bent. Ik ken mijn Emma niet terug. Ze is zo onbesuisd aan het worden, ze zegt alles wat haar voor de kop komt. Het valt niet mee om bij haar op bezoek te zijn.'

Als hij haar naar het ziekenhuis rijdt praat hij nog steeds. Over de keuken, de zangkunst, de verraderlijke oesters. Wanda ziet hoe zijn oude handen op het stuur liggen. Knokige gewrichten, bruine vlekken op de huid. Ze knippert krachtig met haar ogen om de vermoeidheid te verdrijven. Straks niet weer met hem naar huis. Dat brengt ze niet op. Bange oude man. Kan ze niet geruststellen. Hetzelfde ziekenhuis. Wie zegt dat mama haar wel aan haar bed wil hebben? Hij, Guido zegt dat. Omdat hij bang is. Ze wil zo snel als het kan weer weg.

Aan de binnenkant van de deur hangen witte schorten. Die moeten Guido en Wanda voorbinden. Ze staan in het sluisje te schutteren. Er is een wastafel waar ze straks hun handen moeten schrobben, na het bezoek. In de spiegel ziet Wanda haar eigen gezicht: moe, strak, oud. Guido doet de tweede deur open en stapt de kamer binnen. Hij omklemt een groot boeket als een vaandel en steekt het vooruit.

'Doe die maar weg, dat stinkt zo,' zegt Emma. Ze ligt half recht-op in bed. Het is donker in de kamer: somber licht uit het noorden en geen lampen aan. Guido drukt op een schakelaar, en nu wordt Emma beschenen door een lamp half achter haar hoofd. Ze ziet eruit of ze zo van de wintersport komt, haar huid is oranje-bruin. Het gezicht en de hals zijn mager geworden. De ogen flitsen heen en weer. Wanda pakt de bloemen van Guido aan en zet ze in de wastafel achter de deur. Als ze weer binnenkomt is Emma aan het huilen.

'Ik voel me zo naar, zo misselijk. Ik wil hier weg, ik ben de hele dag alleen. Ze laten me in de stront liggen, die stomme wijven!'

'Maar nu zijn wij gekomen,' zegt Guido, 'kijk eens, Wanda is er!'

Emma kokhalst in het bekkentje dat op het kastje naast haar bed staat. Wanda wil er niet naar kijken. Ze leunt met haar rug tegen de muur en staart uit het raam.

'Wanda! Liefje!' Emma's stem klinkt blij. Ze slaat met haar oranje vuist op het bed. 'Wat leuk dat je er bent! Kom bij me zitten.'

Wanda trekt een krukje onder het bed vandaan.

'Het gaat zo goed met me, ik mag vast snel weer naar huis. Naar die lieve Guido. En nu ben jij er ook weer. Heb je gespeeld? Je moet me alles vertellen!'

Wanda weet niets te zeggen. Ze wil de vreemdgekleurde hand strelen. Ineens valt Emma uit.

'Gáán jullie maar. Wat heb ik godverdomme aan jullie? Roep de zuster. Klootzakken, kankerlijers, ga weg!'

'Kindje toch,' zegt Guido. Emma huilt in zijn armen. Wanda is weer gaan staan.

'Ik kom morgen overdag,' zegt ze. 'En Guido 's avonds. Is dat goed of is het te druk?'

'O schat, wat fijn. Dat is heerlijk. Ik verheug me erop,' zegt Emma met betraande ogen.

'De dokter zegt dat het erbij hoort,' vertelt Guido in de auto. 'Ontremming noemt hij het. Ze is gewoon wat in de war. Ik zal je naar huis brengen, je zult wel moe zijn.'

'Ze is wel erg ziek,' zegt Wanda. 'Hoe gaat het aflopen, zei de dokter daar iets over?'

Guido haalt zijn schouders op. 'Afwachten, zei hij. De lever is ontstoken. Ze mag geen wijn meer drinken. Ik weet zeker dat het weer goed komt.'

Knaloranje is Emma de volgende dag. Haar oogwit is saffraangeel geworden. Krachteloos ligt ze tussen de lakens, in een soort half-slaap waaruit ze moeilijk te wekken is. Wanda zit een half uur naast het bed, loopt de gang op om een dokter of verpleegster te zoeken en trekt haar jas aan om weer weg te gaan.

'Hé, jij daar! Wat doe je daar?' zegt Emma met een krakende stem.

'Ik ben het, mama.'

Ineens glimlacht haar moeder. 'Wanda natuurlijk. Je moet maar weer gaan, kind, ik voel me ziek vandaag. Ik heb zo'n pijn steeds. Ik wil slapen. Ben zo misselijk. Het is geen doen hier. Een hel. Jullie moeten me weghalen, ik wil het niet meer! Ik krijg hier niet eens normaal eten! Moet je die teringzooi op m'n bord zien!'

Emma heeft zich half overeind gehesen, haar ogen vlammen en ze spuugt terwijl ze praat. Wanda voelt haar hete voorhoofd, ze drukt Emma terug in de kussens en stopt de deken stevig in. Emma doet haar ogen dicht.

'Uw moeder heeft een acute leveratrofie,' zegt de dokter. 'We houden alles in de gaten maar we kunnen therapeutisch weinig uitrichten, helaas.'

Het gaat mis, denkt Wanda. Ze zal opbranden als een oranje zon. Ik zal er tot het laatst bij zitten en niets vragen. Tot ze sterft en ik nog steeds niets van haar weet. Wat wil ik dan weten?

De onrust knaagt in haar maag. Wanda eet slecht en 's nachts kan ze nog minder slapen dan anders. Elke dag gaat ze naar het ziekenhuis. In haar moeders kamer hangt een vreemde geur. Aceton? Ammoniak? Nee, een boerderijlucht, denkt Wanda, een zolderlucht. Zoals bij Stina op zolder. Muizenpis.

Ze zit naar het lichaam te kijken en denkt: straks heb ik geen moeder meer. Geen vader. Geen man. Geen kind. Geen broer, of nauwelijks. Ze heeft niemand behalve deze oranje schim die daar ligt te sterven. Ze schudt ze allemaal af. Of zij haar. Ze ziet dat Emma's ogen open zijn gegaan en fluistert: 'Mama?'

Emma kijkt haar aan. Herkent ze me eigenlijk wel? Weet ze nog wie ze is? Kan ze zich haar leven nog herinneren?

'Wanda, wie zorgt voor Frank?' Emma's stem klinkt traag en slepend.

'Frank is in de Reehof. Daar zorgen ze goed voor hem. En tante Ida gaat elke maand bij hem op bezoek.'

'O ja,' zegt Emma. Ze zucht. Wanda durft niet diep adem te halen, zo verpest komt haar de ziekenlucht voor. Op het nachtkastje staat een metalen bekken te glimmen.

'Egbert was zo gek met Frank,' fluistert Emma verder. 'Ik kon er niet tegen. M'n eigen kind.'

'Papa kon niet tegen mij.' Wanda hoort zichzelf praten. Ze heeft haar rug gerecht en kijkt haar moeder intens aan.

'Hoe kom je daar nou bij,' zegt Emma. 'Wat een onzin. Hij was gewoon een moeilijke man.' Ze moet hoesten, ze hijgt naar adem en houdt een zakdoek voor haar mond.

'Het is geen onzin. Hij wilde nooit dat ik er was.'

'Ga weg. Ik ben ziek. Geef die bak, ik moet braken! Je praat maar wat.'

'Nee!' Wanda schreeuwt. 'Toen hij doodging wou hij me niet eens zien! Z'n eigen dochter!!'

Ineens gaan Emma's felgele ogen wijdopen. Ze kijkt Wanda strak aan, met open mond.

'Z'n dochter! Ha!'

Het bekken glijdt uit haar handen en klettert op de vloer. Staal op steen. De keuken. Egbert geknield op de grond, een theedoek in zijn handen. Emma snikkend met haar armen op tafel, met haar ogen Wanda's blik vasthoudend, zo intens dat Wanda verstijfde. Het geluid van staal op steen.

De deur gaat open. Een verpleegster schiet naar binnen en begint Emma overeind te hijsen.

'Wat bedoel je?' hijgt Wanda.

'U moet ophouden,' zegt de zuster, 'laat haar nu met rust!'

Wanda pakt het gezicht van haar moeder tussen beide handen en dwingt haar te luisteren.

'Wat wil je me zeggen? Zeg het. Nu!'

Emma's ogen draaien weg. Er is alleen nog geel te zien. Haar hoofd wordt zwaar in Wanda's greep. Het lichaam glijdt onderuit.

'U kunt werkelijk beter gaan, mevrouw,' zegt de verpleegster. Met tranen in haar ogen staat Wanda op.

In de armen van de zuster begint Emma tomeloos te braken.

Met grote, veerkrachtige stappen loopt Wanda door de ziekenhuisgangen. Ze schopt tegen de draaideur, ze wil eruit, naar het licht en de wind. Eenmaal buiten zet ze het op een rennen. Diep ademen. Het ene been wegtrekken voor het volgende. Snel. Het regent zacht maar ze merkt het niet. Wild gaat haar hart tekeer. Pas als ze door steken in haar zij gedwongen is om langzamer te lopen voelt ze dat ze nat is van het zweet. De juiste vraag gesteld. Het enige antwoord gekregen.

Drijfnat komt ze thuis. Ze kijkt verbaasd naar de kleine oefenpiano, die zo dapper in de kamer staat te midden van stapels muziek. Het toetsenbord ergert haar met z'n domme regelmaat. Ze slaat de klep dicht. Pók. In haar regenjas gaat ze op de bank zitten. Knipt het licht aan. Er hangen donkere wolken voor het raam. De bomen glimmen. Ze duwt met gevouwen armen tegen haar maag.

Schopt haar schoenen uit. Rilt. Staart voor zich uit. Hierbinnen beweegt niets. Als ze stil blijft zitten krijgt ze beelden van vroeger te zien: Egbert naast Frankie op de grond, geduldig de bal heen en weer rollend, hem steeds zorgzaam afremmend voor hij het bange kind raakt. Zijzelf aan Emma's hand, opgewonden huppelend over straat, op weg naar de eerste echte pianoles. De kamer van meneer De Leon met de twee vleugels. De binnenplaats met de houten deur waarachter marcherende voetstappen klinken.

Deze nacht slaapt Wanda helemaal niet. Zij zit rechtop op de bank of ijsbeert in de klamme regenjas door de kamer. Haar lippen bewegen. Ze prevelt woorden. Vader, vader, probeert ze, ik heb een vader. Het blije gevoel verbleekt en raakt zoek onder tal van vragen. Waarom heeft Emma nooit iets verteld, niet toen Egbert stierf, niet toen het oorlog werd, niet toen Frank werd geboren? Waarom is ze niet bij Egbert weggegaan, als je van een ander gaat houden kan je toch scheiden? Of hield ze al van Max vóór ze trouwde? Hebben opa en oma gezegd: die pianoartiest, die jodenjongen, daar moet je niet mee omgaan? Heeft Emma zich laten dwingen tot een huwelijk met een nette jurist? Wist Egbert ervan?

Ze hebben met elkaar gevreeën tijdens de repetities, Emma werd zwanger, naast de vleugel is ze verwekt. Of niet? Had ze dan een mooier leven gehad? Anders?

Stampvoetend loopt ze door de kamer. Ze wil het allemaal weten, ze zal niet weggaan voor ze alles weet.

Een koffer met muziek heeft ze gekregen, vingerzettingen heeft hij haar nagelaten.

Jarenlang elke week bij hem geweest! Hij legde zijn hand op haar hoofd en sprak alleen over Bach.

Of bedroog ze nu zichzelf?

Buiten wordt het licht. Wanda doet eindelijk haar jas uit en maakt koffie voor zichzelf. Ze heeft spierpijn in haar benen van het hardlopen. In haar hoofd heeft zij een vragenlijst waarmee ze vastberaden naar haar moeders ziekbed gaat. Om de antwoorden wil ze vechten. Ze gaat Emma verantwoording vragen, ze wil met terugwerkende kracht haar leven in kaart brengen en eist daarbij de hulp van de vrouw die haar door zwijgzaamheid heeft verraden.

Tegen het kussen liggen de felgele haren als een stralenkrans uitgespreid. In de vermagerde handrug zit een infuusnaald geprikt, waaraan de verpleegster een slang bevestigt die ze daarna controleert op het doorlopen van het vocht. Wanda verstijft op de drempel. De zuster, haar handen nog bezig met het ophangen van de vloeistofzak, draait haar hoofd abrupt naar de deur en schrikt.

'Uw moeder is vannacht in coma geraakt. Ik wilde u net gaan bellen.'

Emma's ogen zijn dicht, de wimpers liggen als bleek mos op haar wangen. Wanda knikt en zegt dat het goed is, dat het niet geeft, dat ze Guido zal waarschuwen. Ze wordt door een verlammende moeheid bevangen en laat zich langzaam neerzakken in een stoel tegen de muur. Het wachten begint.

Na drie dagen sterft Emma zonder uit haar okergele zwijm te zijn bijgekomen.

27

Wanda stond bij het aanrecht en keek uit op het kerkhof. Ze had de afwasteil vol warm water laten lopen en bewoog handen en polsen langzaam door het sop. Het scherpe licht van de dalende zon streek over de grafstenen en deed de namen van de doden nadrukkelijk oplichten.

Eten. Een bord met sla, kaas, tomaten. Ze droogde haar handen af en pakte uit de ijskast waar ze zin in had. Met het bord in de hand en een stuk brood onder haar arm liep ze naar het balkon. Ze draaide haar stoel zo dat ze ruim zicht had op de volle lengte van het dal en de uitgestrekte bergketen daarachter. Ze legde haar benen op een krukje en leunde achterover met haar glas in de hand. Tussen de laag donkergrijze wolken waarmee de hemel was afgedekt en de gekartelde bergrand had de zon vrij spel. Wanda voelde de laatste warmte van de dag en tuurde naar de enorme oranje schijf die in de uiterste hoek van de vallei begon onder te gaan. Het licht waaierde uit met rode, met paarse tinten. De bovenkant van de bergen baadde in helderheid; in het dal was het al donker en raakten de omtrekken van bomen en boerderijen omfloerst. Nu de zon onderging zag je dat de bergketen niet het einde van de wereld was maar vermoedde je, door de lichtval, daarachter een ander land. Duidelijke lijnen. Helderheid.

Wanda zuchtte. Met helderheid had zij niet veel op. In de muziek werd helderheid verschrikkelijk overschat. Met transparante helderheid zette de pianist het thema neer, las je in de kritieken. Maar wat had je daaraan als dat thema niet afstak tegen een duistere ondergrond? Helderheid was goedkoop, gemakkelijk en misleidend. Het verhulde de geheimzinnige ondoorzichtigheid waarin de kern van alle muziek schuilging. Je wist toch niet wat je hoorde? Zo moest het dan ook klinken als je speelde. Zo was het. Schubert helder? Brahms? De helderheidsmaniakken lieten je geloven in een valse eenvoud. Luister maar, zo logisch en klaar zijn de dingen die zich voordoen. Niets is raadselachtig, alles is van begin tot eind moeiteloos te volgen. Een leugen. Alsof je niet moest zoeken, alsof je niet op de tast een compositie binnen moest gaan, bereid om in elke richting te dwalen, niet te beroerd om op de meest onverwachte plaatsen een betekenis te vinden. Een interpretatie was toch geen uitspraak die voor eeuwig vaststond? Het gebeurde toch dat een betekenisbouwwerk dat je gedurende jaren met tevredenheid had opgebouwd ineens ging wankelen en in elkaar donderde? Achter de Goldbergvariaties lagen Goldbergvariaties en daarachter wéér!

En was helderheid niet een knieval voor de luisteraar? Voor de luisteraar spelen is te gevaarlijk, dacht Wanda. Je denkt hem iets voor te toveren, je wil hem beïnvloeden, manipuleren, vangen en binden. Allemaal grootspraak en verwatenheid. Het is al ingewikkeld genoeg om in gesprek met de componist te zijn, om je te verstaan met de toetsen en het mechaniek van je instrument. De luisteraar doet er niet toe. Je mag hem negeren.

Ze at brood met kaas en prikte met haar vork in de sla. De zon verdween onverwacht snel achter de bergen.

Wanda stond op en veegde haar handen af aan haar rok. Ze draaide zich om en zag de vleugel in de donkere kamer met opengesperde bek op haar staan wachten. Ze ging naar binnen en knipte de lamp aan. Ze liet de deuren maar open, straks kwam de koelte van de avond. Wat stond hij daar hulpeloos te zwijgen, het beest. Het werd tijd dat zij zich met elkaar gingen verstaan. Alle strijders waren geveld of verdwenen, van het slagveld was alleen deze kleine piste nog over. Ze stapte op het instrument af.

'En nu tussen ons, Bösendorfer!'

28

De weg naar de aula van het crematorium staat vol slordig gepar-
keerde auto's. Er liggen losse steentjes op het pad, die onder Wanda's voetstap opspatten en in haar schoenen terechtkomen. Bij de
ingang bukt ze zich om de schoenen leeg te gooien. Gezette mensen met stijve kapsels en kleurige sjaals over zwarte kleding lopen
langs haar heen. Vlagen parfum. Zangers.

Tante Ida is mager geworden. Haar dochter Suze is er ook, ze
schudt Wanda verlegen de hand en wijst op haar vier grote kinderen. Suze zelf is ook groot, ze heeft een vlezig gezicht met grijs
krulhaar eromheen. Met zijn allen gaan ze op de eerste rij zitten, de
ontredderde Guido tussen Wanda en Ida in.

In die kist, denkt Wanda. Daar ligt ze, grijzig geel geworden
van al haar geheimen. Straks wordt ze verbrand. Straks zakt ze
naar beneden, met het boeket rode rozen van Guido boven op het
deksel.

Wanda duwt haar hielen stevig tegen de grond en houdt haar
vuisten stijf gebald. Ze staart door het wijde raam achter de kist.
Een park met urnen en stenen. In de verte loopt een man met een
muts op een kruiwagen voort te duwen.

Wat een idiote muziek klinkt er op de achtergrond. Een Bach-
aria met een belachelijke tekst, *Ich habe genug* of *Es ist vollbracht*,
begeleid door een hammondorgel. Heel zacht, de woorden zijn
nauwelijks te verstaan. Ze zouden de *Fledermaus* moeten draaien:
Glücklich ist... wer vergisst... was doch nicht zu ändern ist. Dat is
Emma's lijflied, die muziek zou knetterhard door de aula moeten
schallen.

Toespraken. Een heer van het operettegezelschap. Een leer-
linge met een aangename, diepe stem. Ze zeggen mooie dingen.
Dan stapt tante Ida naar voren. De voddige regenjas hangt slordig
om haar lange, rechte lijf. Tante Ida zegt de waarheid, ze heeft het

over de oorlog, over de geboorte van een gebrekkig kind en over de dood van Egbert. 'Wanda met haar muzikale gaven is mijn zuster altijd een grote troost geweest,' zegt ze.

Wanda schrikt. De waarheid, maar niet de volledige waarheid. Ze knijpt haar vuisten tot kogels. Ida praat verder over Emma's laatste levensjaren, hoe gelukkig ze was met Guido, hoe heerlijk het was om de zangcarrière weer op te vatten. De tranen biggelen Guido over de wangen als hij kort de aanwezigen dankt voor hun belangstelling. De wezenloze muziek klinkt weer. De kist zakt.

'Je moet bedenken dat het een totaal andere tijd was,' zegt tante Ida. 'Het was normaal dat dochters deden wat hun ouders zeiden.'

Wanda luistert. Ze heeft keelpijn. In de aula was het of haar keel zat dichtgeschroefd. Nu ze met haar tante door het urnenpark wandelt voelt ze bij iedere vraag die ze stelt dat het daarbinnen rauw en rood is.

'Max de Leon. De náám alleen al! Vader en moeder vonden het een gevaarlijke ontwikkeling. Hij moedigde haar aan om op het toneel te staan. Dat zagen ze liever niet, weet je. En Emma was zo verschrikkelijk verliefd op hem. Er waren ruzies over, thuis. Afspraken dat ze hem niet meer zou zien. Dat deed ze natuurlijk wel, en dan kwam er weer een scène. Ze wilden Emma nog naar Wenen sturen, om te studeren. Dat is niet doorgegaan, ik dacht om politieke redenen. Toen verdween hij, lang, wel meer dan een jaar in mijn herinnering. Misschien moest hij werken in het buitenland, ik weet het niet meer. Maar in die tijd kwam Egbert op de proppen. Hij was al jaren gek op Emma en greep zijn kans. Zijn ouders waren vrienden van vader en moeder.'

Ida heeft van het vertellen een kleur gekregen. De zinnen stromen zonder enige aansporing, ze wil het kwijt, het moet eruit. Arm in arm lopen de twee vrouwen steeds hetzelfde rondje.

'Er kwam een bruiloft. Als Emma het echt niet gewild had was het niet gebeurd. Ik denk dat ze toch voor zekerheid koos. Ze sprak er niet over. Toen kwam Max terug. Ik woonde al in Montfoort, we zagen elkaar niet vaak. Dat ze een affaire met hem had dacht ik wel, maar ze heeft het me nooit echt verteld. Ze wist zich er geen raad mee. Ze wilde Egbert geen pijn doen. Jij werd geboren. Niemand zei iets, dat was het eenvoudigste. Zo was het toen.'

Ineens heeft Wanda verschrikkelijk genoeg van het gesprek. Haar schouders, rug en benen doen pijn. Ze wil naar huis en daar onder zoveel mogelijk dekens kruipen.

Na een paar dagen belt Wanda Guido, die bij zijn zuster in Antwerpen zit bij te komen, en vraagt hem toestemming om Emma's papieren te doorzoeken. Ondanks zijn verdriet klinkt zijn stem vriendelijk en bezorgd. Ze moet goed blijven eten, zegt hij, en 's avonds een cognacje om te slapen. Niet tobben!

Wanda haalt het huis overhoop en legt daarna alles weer netjes terug. Het bureautje in de muziekkamer, de muziekkast, de linnenkast, de laatjes met ondergoed, de koffers en dozen op de vliering — alles wordt onderzocht en niets wordt er gevonden. Zowel Max als Egbert is uit Emma's leven weggevaagd.

De volgende dag heeft Wanda spierpijn in haar hele lijf. Op de piano liggen de dikke muziekboeken met de Brahmsvariaties die ze volgende maand in Duitsland zal gaan opnemen. Ze slaat de klep open, wil gaan zitten maar merkt dat ze geen zin heeft. Haar handen doen pijn als ze aan pianospelen denkt. Het komt door het gesjouw met Emma's rommel, denkt ze. En haar hoofd staat nog niet naar studeren. Ze moet gewoon een paar dagen rust nemen.

Ik speel het eruit, denkt Wanda als de pijn blijft. Ze doet de vertrouwde oefeningen en probeert zich te laten meesleuren door Brahms. In haar duimgewrichten blijft het kriebelig zeuren.

Na de opnames neemt ze vakantie en wandelt met Joyce door heuvelige Engelse landschappen. Iedere ochtend ligt ze een half uur in een heet bad om de stijfheid van de nacht kwijt te raken. Bij de gedachte aan concerten en tournees overvalt haar een lichte weerzin waar ze nauwelijks in kan geloven. Ze speelt door.

Elke herfst verergeren haar klachten. Elke zomer brengt verlichting. Dat het pianospelen haar niet meer zo vervult en bevredigt als vroeger wijt Wanda aan de moeite die het kost en de pijn waarmee ze het moet bevechten. In vijf moeizame jaren is er één februarimaand met de vreugde en de soepelheid van vroeger. In Israël, waar ze rondtoert met de oude Silberman en zijn kamerorkest. De gewrichten lijken geslonken, onder- en overzetten gaat geolied en de muziek komt zoals bedoeld onder haar handen vandaan. Ze voelt zich in het vreemde land een welkome gast en ze geniet van de droge lucht en de felle zon.

Als ze weer thuis is slaat de vermoeidheid toe. Ze ligt tot midden op de dag in bed zonder te slapen. Ze heeft nergens zin in. De gewrichten van polsen en vingers lijken vol gemene, scherpe kristallen te zitten die alleen maar erger gaan prikken en schrijnen als ze speelt. Ze kan haar middenhand niet meer spreiden zonder het uit te schreeuwen van de pijn.

'Reumatoïde artritis.' De arts mompelt in zichzelf terwijl hij iets opschrijft op een receptenbriefje. 'U hebt absolute rust nodig. Nu.'

'Dat kan niet,' zegt Wanda. 'Ik ga over drie weken naar Italië. En soms heb ik nergens last van, zoals toen ik in Israël was. Ik ben niet ziek.'

De dokter kijkt haar aan. Hij is jonger dan ik, denkt Wanda. Hij weet wat er mis is met mij. Hij heeft gelijk.

'Rust, pijnstillers en iets om de ontsteking tegen te gaan. Daar beginnen we mee. Ik vrees dat u uw tournee zult moeten afzeggen. U eindigt in een rolstoel als we niet ingrijpen in het proces. U heeft het jarenlang verwaarloosd.'

Wanda leunt achterover in de stoel. Rust. Ze luistert. De dokter vertelt over stress, koorts, vochtigheid en kou. Over heilzame en heilloze klimaatomstandigheden, over thermaalbaden en goudinjecties.

Ik houd ermee op, denkt Wanda. Ze heeft haar hele leven gespeeld, het is genoeg geweest. Ze laat die piano hier achter, ze gaat op een berg wonen in de zon. Genoeg.

Met stijve vingers omklemt ze het autostuur. Ze zou moeten huilen, denkt ze, haar carrière ligt in puin, alles is voor niets geweest, de afbraak is begonnen. Maar ze voelt zich goed. Waar in de wereld zal ze gaan wonen? Ze kan kiezen. Ze hoeft niets meer. Niet meer vragen, niet meer smeken, niet meer afdwingen. Vanaf nu zal ze er alleen nog maar *zijn*.

29

Het begon al te schemeren toen Bouw terugkwam bij het hotel. Hij had dorst, hij was doodmoe en had slappe benen. Op het terras was een kelner bezig de tafels te dekken voor het diner. Automatisch liep Bouw naar zijn kamer om zich te wassen. Pas bij het aantrekken van de schone kleren kwam het plotselinge besef dat hij moest maken dat hij wegkwam. Hij graaide zijn toiletspullen bij elkaar, propte de bezwete wandelkleding in een plastic zak en sloot zijn koffer. Toen hij de trap af kwam stormen, keek de hoteleigenaar hem verbaasd aan.

'Vertrekt u nu al? Maar het diner! U heeft betaald!'

'Het spijt me,' zei Bouw, 'ik moet opeens weg, er is iets tussen gekomen, neem me niet kwalijk. Het is een prima hotel, echt waar.'

Hij duwde het dak open terwijl hij reed. De koele avondlucht werkte kalmerend, net als de snelheid waarmee hij het stadje verliet. Ik rijd gewoon door naar de kust, hoe ver zou dat zijn? Of ik slaap ergens langs de snelweg, niet in zo'n sprookjesdorp als dit. Naar het congres, nu. Stukken lezen, vergaderen, Johanna bellen. Niet meer door straten lopen waar de zwaveldamp ineens langs je lijf omhoog kringelt. Niet meer zo zwalkend en beroerd op zoek naar vroeger. Hij hield het stuur losjes vast aan de onderkant. Zijn schouders ontspanden zich. Hij neuriede een melodietje. De motor zong.

Bij de afslag naar het dorp draaide hij de bergweg op. Door het manoeuvreren in de haarspeldbochten kwam hij niet aan nadenken toe. Ineens stond hij op een pleintje voor een vervallen hotel. Gewoon even kijken, dacht hij, even zien waar ze woont, verder niets. Hij parkeerde naast het hotel en ging naar binnen. Het rook er naar soep. Een stevige vrouw in een schort vroeg vriendelijk of hij wilde eten. Hij ging aan een tafel zitten waar een rood-wit geblokt kleed op lag en voelde ineens een immense honger. De vrouw gaf hem wijn in een waterglas, preisoep en gestoofd konijn met sperziebonen. Bouw at alles op.

Van achter de toog vroeg ze hem of het smaakte. Er waren geen andere gasten. Bouw leunde achterover en liet het gesprek zijn loop nemen. Ze kookte altijd zelf, zei ze, al vijfendertig jaar. En nee, veel mensen kwamen hier niet. Een enkele toerist die niet beneden wilde zitten. Of de natuurmensen die door de bergen gingen wandelen. Mensen uit het dorp? Die aten niet hier, hoogstens een keer als het feest was. Jonge mensen woonden hier niet veel meer, daar had hij gelijk in. Ze gingen werken in Toulouse en ze kwamen twee keer per jaar terug met koffers vol kleren in een grote auto. De huizen werden verkocht, ook wel eens aan een buitenlander, ja. Een vrouw, een pianiste? O, zíj, met de handschoenen. Jazeker, die kende ze goed, al jaren. Vlakbij is het, het bovenste huis, naast het kerkhof. Ze was vanochtend nog hier, ze komt bijna elke dag. Recht naar boven langs het straatje, u loopt er vanzelf tegenaan!

Françoise duwde Bouw in haar enthousiasme bijna de deur uit. Buiten was het stikdonker. Hij volgde aarzelend het pad naar boven. In een geelverlichte kamer zag hij een echtpaar voor een televisietoestel zitten. Een gezin zat te eten, een man keek in de krant onder een schemerlamp. Er was niemand op straat.

Een kleine auto stond dicht tegen het huis aan. Bouw keek erin: een boodschappentas, een paraplu op de achterbank, onduidelijke rommel en routekaarten op de grond. Hij wendde zijn hoofd snel af. Op de brede, houten voordeur stond geen naam. Er was een brievenbus en een bel, maar hij liep de hoek om en vond de ingang tot het kerkhof. Voorzichtig maakte hij het hek open. Er kwam licht uit de ramen aan de achterkant van het huis. Bouw keek steels naar binnen en zag vaatwerk staan, een vergiet en een rood afwasteiltje.

Geschrokken liep hij door en verschool zich achter de rechtopstaande stenen. Helemaal naar het eind van het kerkhof vluchtte hij, naar het punt waar de stenen omheining de daarachterliggende ruige vlakte afbakende. Daar draaide hij zich om. Hij zag een balkon met grote potten vol blauwe bloemen. Open deuren naar een verlichte kamer. Langzaam begon hij in de richting van het huis te lopen. Dan sneller, met grote stappen struikelend tussen de grafzerken, zijn voeten stotend tegen stenen en vazen, alsof hij zo de kamer in zou willen rennen, roepend dat hij er was.

Een ijzeren sierketting sloeg tegen zijn schenen, hij vloekte, viel bijna en ging hijgend op een zerk zitten.

30

Eens was er een journalist gekomen, helemaal uit Amsterdam, om een reportage over haar te maken. Ze had erin toegestemd omdat hij aardig was en goed kon luisteren. Verbluft had hij geconstateerd dat zij geen piano in huis had. Miste ze het spelen niet verschrikkelijk?

Pas toen hij weer was vertrokken kon Wanda daar rustig over nadenken. Missen? Nee. Nauwelijks. De eerste jaren in deze bergen waren zo vol geweest met het inrichten van het huis, het kennismaken met de omgeving en het regime dat de ziekte haar oplegde dat ze aan missen niet toekwam. Er was de bevrijding geweest van het eindelijk kunnen nadenken, boeken lezen en brieven schrijven. Ze had de blauwe bloemen op het balkon opgekweekt en verzorgd. Als ze naar muziek verlangde luisterde ze naar de radio of las ze in een partituur. In haar geheugen lag haar hele repertoire opgeslagen, zodat ze in haar hoofd een stuk kon afdraaien wanneer ze dat wenste. Als ze iets niet zeker meer wist zocht ze het op in de muziekkast. Was dat missen? Naar pianostukken luisterde ze niet graag, ze gaf de voorkeur aan orkestwerken of kamermuziek, dat was wel zo. Kwam dat door een ondraaglijk verlangen naar pianospelen of door het bouwwerk van herinneringen en associaties dat met haar pianorepertoire verbonden was?

Het kon haar niet schelen. Ze had een Bösendorfer gekocht en die stond hier, in haar eigen balkonkamer. Natuurlijk had ze verlangd. Haar lichaam had verlangens gehad, de linkerarm wilde een roterende bas spelen over wijde akkoorden, met schouder, elleboog en pols. De rechter verlangde naar een stuiterende, stijgende octavenloop en wilde hoog opgestoten worden aan het einde.

Het heftigst was het heimwee naar het eerste akkoord. Gaan zitten. Rug en schouders voelen. Het rechterpedaal indrukken zodat alle snaren open lagen te wachten om door de hamers beroerd te worden of mee te gaan trillen. De handen zweefden boven het klavier, ze droegen het akkoord al in zich; de vingers hadden weet van stand en gewicht, ze verlangden vurig naar ivoor en ebbenhout; de vingertoppen snakten naar de toetsen. Het neerdalen. De opstijgende klank. De deur naar de muziek is opengestoten.

Het verlichte vierkant van het raam lijkt een schilderij van een zittende vrouw. Zij speelt: een slepende baslijn met een slingerende melodie daarboven. De klank waaiert uit in de avond, raakt vervormd boven de daken van de huizen en verloren in het dal. De man die op de steen zit luistert. Tussen zijn benen hangen zijn handen neer als twee vermoeide, witte dieren. Hij heeft zijn hoofd naar het raam gekeerd, het lijkt of hij de klanken wil ruiken en proeven. Begerig zuigt hij de muziek in zich op. Hij kent het, Bach, wat is het, Italiaans Concert of zo, prachtig. Hij ziet hoe de vrouw haar bovenlijf meebuigt met de lage tonen, hoe ze haar hoofd soms even schuin houdt om de melodie beter te horen, die ze plotseling afbreekt.

Een zilverachtig licht valt over kerkhof en balkon. Doof en stralend hangt de maan boven de scherpe bergen en het donkere dal.